TopBook
饕书客

一个人，遇见一本书

南美怪談

South American legend

王觉眠 著

陕西新华出版传媒集团
陕西人民出版社

图书在版编目（CIP）数据

南美怪谈 / 王觉眠著. — 西安 : 陕西人民出版社, 2018
ISBN 978-7-224-12736-2

Ⅰ. ①南… Ⅱ. ①王… Ⅲ. ①民间故事—作品集—南美洲 Ⅳ. ①I770.73

中国版本图书馆CIP数据核字(2018)第085327号

出品人：惠西平

总策划：宋亚萍

出版统筹：关 宁

策划编辑：韩 琳 王 凌

责任编辑：王 倩 张启阳

整体设计：侣哲峰 崔 凯 李 阳

图文制作：毛小丽 唐懿龙 李 静 杨 博 王 芳 张英利 任晓强 张玉民 符媛媛 张 静 任敏玲 张 斌 任海博

南美怪谈

作　　者　王觉眠
出版发行　陕西新华出版传媒集团 陕西人民出版社
（西安北大街147号 邮编：710003）
印　　刷　西安建明工贸有限责任公司
开　　本　787mm × 1092mm　16开　13.5印张
字　　数　180千字
版　　次　2019年1月第1版　2019年1月第1次印刷
书　　号　ISBN 978—7—224—12736—2
定　　价　45.00元

自序

几年前，我坐在哥伦比亚首都波哥大的国立黄金博物馆的餐厅里，面前是一碗木薯汤，美味程度令我称奇。这里的饮食习惯和我当时常驻的阿根廷完全不同。阿根廷是一个几乎纯白人的国家，人人都讲着意大利味儿的西班牙语，吃烤肉和丰富的奶制品，而哥伦比亚和委内瑞拉这种加勒比国家，有美味的水果、咖啡和玉米饼。

我在南美大陆是客人，从亚洲来。尽管人类学家没有就美洲的人类从何而来达成共识，但是人类借助结冰的白令海峡从亚洲迁徙至美洲是一个相当普遍的说法。从某种意义上说，我和这片大陆的原住民来自同一个地方——古老的亚洲。在南美生活，这里的文化有时让外来者感到困惑，尽管欧洲移民在此建立起了城市、商业和工业，但是这里的民风和欧洲迥异，节日中各种奇怪的迷信，对死亡蔑视，甚至对权威不以为然……魔幻现实主义在这里发源，正是因为人们对真实和虚幻之间的分别不是那么在乎。

在南美，随处都是印第安人的文化，也许它出现在啤酒瓶包装上，也许它出现在街上碰到的美女的耳环上，也许它出现在邻居之间争吵所秉承的奇特逻辑中。南美的文化像是一个漩涡，迷人、充满未知，这个漩涡的中心，即一切信念的本源，正是原住民印第安人独特的世界观、宇宙观和价值观。南美的印第安人没有文字流传下来，他们的秘密都藏在了口口相传的神话故事之中。为了接近那个致命美丽的漩涡，这本《南美怪谈》分门别类地记录了在南美生活的印第安人的神话和古老风俗，试图从中提炼出一个迷幻而真实的世界。

在这本书里，可以看到随性的造物主、随意被毁灭的早期人类和巨人族。印第安神话中也很少能寻到史诗般的人类诞生故事，印第安人往往轻描淡写，从血泊里爬出来，从泥土里长出来，动物生下来，等等，都可以是人类出现的契机。印第安人对神的态度也不完全是敬畏，他们也经常在神话中描述某些神明品行不端，勒索人类，或者将他们按照部落里的闲汉或者脾气古怪的老妇人的模样进行描述，比如安第斯山的妇女对待大地之母帕查妈妈就像对自家的婆婆一样，既不喜欢她，又不敢公然反抗。

南美地域辽阔，从温暖碧绿的加勒比海岸一直到赭石色荒原巴塔哥尼亚，其间包括云雾缭绕的安第斯山区、亚马孙雨林、世界上最干燥的沙漠阿塔卡马、潘帕斯草原、大陆南端连绵的冰川。印第安人分散居住其中，地理上相互分隔，尽管我们统称他们为印第安人，但是对于他们自己来说，他们是奇伯查人、瓜拉尼人、马普切人、印加人……印第安不过是个外界的代号。各个部族之间过着不同的生活，所以也形成不同的世界观和宇宙观。雨林部落面对的幽深的绿色迷宫，隐藏着突如其来的死亡陷阱，所以他们的世界是混乱而躁动的；安第斯山山峦重重，所以人们的目光自然向天上看，用星星的轨迹去对照世界；巴塔哥尼亚荒原上的马普切人认为周遭充满了随时可取人性命的各种妖兽，生活是一场死亡动物园中的冒险。

在这些风格迥异的神话中有无脉络可循？通过本书可以看到一些南美印第安文化的共性。首先，印第安人看重事物之间的关系和维系关系的沟通渠道，男人和女人之间的关系、神与人的关系、人与物的关系都是重要的；有的印第安部落对神的态度虽不那么恭敬，但是他们认为和神的沟通是很有必要的，和动物以及阴间的沟通也是日常的一部分，沟通的手段有萨满或者迷幻草药，或者借助飞鸟、大树、风、雨等等。另外，印第安人往往模糊界限，如生与死、人与兽之间没有清晰的界限，印加人可以让死人继续拥有生前的权力，丛林里看到的美洲虎也可能是个变身为虎的男人，这个世界在变形中不断切换，一切可能性都存在。最后，在千奇百怪的故事和风俗的叙述中还能看到不同部族的印第安人的共同执念：对自我的敬仰和热爱。这种自我的概念几乎可以上升到哲学层面，可以是人的多重灵魂中最强大的那一个，或者是勇气、怨恨、历法、秩序，总之，是使自己有别于他人或者其他部落的独特之处，印第安人将其放大，视为至宝。其实，印第安人不相信神会永远庇护自己，也不相信这个世界会万古长存，最重要的核心是自我的完整性。

地理大发现把美洲的土豆、番薯、烟草、黄金、白银带到了世界各地，这些物产的流通让整个世界第一次联系在了一起，很多欧亚国家都开始消费这些来自美洲的产品。贵重金属的积累让欧洲得以比其他地方更早地进入了工业社会，但是印第安人却在这片大陆上越来越失去主导地位，一个南欧风格化的社会在南美迅速生根，印第安人越来越退缩到角落中，他们的神的名字也渐渐被淡忘。第九章《逃离世界末日》正是讲述了印第安人对外来者的态度和避世的幻想，结尾略有些沉重：“传统印第安世界的瓦解开启了新世界，从美洲运出的白银让欧洲骤富，从美洲移植出的物种让世界得以饱餐，冒险把世界的一头和另一头联系在一起，全世界在急剧地汇流在一起，一个稳定的、顺从天命的世界被这股洪流冲得七零八落，取而代之的是由种植园主、船长、士兵、水手、奴隶、妓女组成的世界，印第安人的美德和生机被野心和特殊的腐朽所吞噬，神明也无能为力。” 但是这不是本书的结尾。在最后一章讲述的火地岛传说轻盈得像个梦。火地岛是南美大陆最南端的岛屿，是冰与火的土地，是欧洲冒险家眼中的地狱，这里保存着没有被欧洲文化影响的、最为原汁原味的南美神话。所以这本书在冰雪一样安静的梦境中收尾，正如朴素而充满哲理的印第安世界没有结束。尽管不甘，但依然前行，这也是印第安精神的一种吧。

目录

南美印第安文化圈示意图

第一章　创世造物那点事儿

这个世界太新，来不及命名，需要用手指去指。

——马尔克斯《百年孤独》

奇伯查山谷

哥伦比亚的奇伯查山谷是南美印第安文明的发源地之一。奇伯查人性子开朗，喜爱聊天，也爱编故事，不少故事口头流传下来。他们讲述的那些神迹在奇伯查山谷的上空交织，代代神明都有丰富的情感，在理性和放纵之间游走，就像奇伯查山谷中生活的众多印第安民族一样。

生活在山谷里的印第安穆斯卡人相信世界的寿命有九个纪元。第一个纪元里，宇宙里黑乎乎的，没有声响，像个大锅扣下来。有两种气在宇宙间无声游动，一种是没有生命的空气，一种是有生命的灵气。灵气越聚越多，混沌中出现了男女两位始祖，灵气不断涌入他们的身体，他们的身体也逐渐充盈起来，有了实体。到了第二纪，男女始祖幸福地在世界中心点相遇了，他们毫不犹豫开始交媾，身体摩擦的声音仿佛蛇嘶，他们生下了雌雄同体的光明神奇米尼加瓦。他的父亲给了他藜麦种子，母亲给了他四种不同颜色的玉米种子，担负伟大使命的光明神奇米尼加瓦就要开始创造世界了。世界此时还是黑乎乎的一团，首先要有光。从奇米尼加瓦的身体里飞出了两只巨大的黑鸟，黑鸟盘旋在空中，明亮的光线从它们坚实的喙中像流水一样倾泻下来，世界瞬间充满了光明。四色玉米种子被雌鸟带走，它先是口衔黑色玉米种子，在天空打了一个旋儿，把种子在北方抛下，奇米尼加瓦吹一口仙气，北方旋风中诞生了大地之神伊查。雌鸟继续向东飞，黄色的玉米种子又被仙气托起在空中，风神费巴产生了。如此这般，红色的玉米种子在南方旋风中变成火神加达，白色玉米种子在西方变成了水神西赛。还有两颗藜麦种子被雄鸟带上了天，在抛下时变成了金神尼亚纳和祖母绿神楚古塔娃。

这些神的出现宣告了世界第二纪的结束。在接下来的第三纪里，世界被这些神分割为上中下三层，世界的大框架就这样搭好了。几个神决定在世界中心点，也就是始祖夫妇交媾的地方庆祝一下，他们一边跳舞一边吐出仙气，直到这些如浮云一般的白色仙气填满世界中心的每一处凹陷。

神仙的队伍还在增加，在仙气中又诞生了界神、孕神、死神、云神、雪神、闪电神、药神和守护神。这些神的分工有些混乱，比如界神除了惩罚随意越界到别家部落的人，还掌管着人间的庆典和战争，孕神除了管生孩子的事儿还承担歌舞的传播，药神不仅要在雨后负责让天空出现彩虹，还要充当人类和神之间的使者，守护神最重要的任务是保护部落里的酋长和商人的安全。这些看似没有规律的神仙职能几乎可以为我们勾勒出奇伯查山谷的样子：四面环山，山顶有终年不化的积雪，山间云雾缭绕，时常下雨，各个小部落对自己的边界很重视，部落之间时常因越界发生小规模的战斗，死亡在所难免，但物产丰富，肥嘟嘟的水果、金子和美丽的矿石是部落之间交易的主要商品，商人由此而生。

仙气里诞生的这些神个个无所事事，专心在山谷里玩耍，谁都没有想到世界还缺点什么，他们忘了造人这回事。排位不高的守护神只好忙活起来，他先是用一颗不知从哪里弄来的藜麦种子种出了一个金色皮肤的男人，起名苏阿，又用玉米的种子种出了一个银色皮肤的女人，叫奇耶。这对男女强壮而长寿，他们在一起孤孤单单地活了很多年，没有孩子。到了生命终于要结束的时候，守护神不忍和自己创造出来的生灵告别，他将苏阿和奇耶送上天，变成了太阳神和月亮神。这样一来，世界上又没有了人。第四纪就这样在寂寞中过去了。但是苏阿和奇耶在天上孕育出了很多子女，成为满天繁星。

到了第五纪，守护神决定换个方法造人，他将两个小泥人扔到伊瓜切湖中，一连串水泡浮起后，从里面走出了一个大胸脯的女人，她长着一双黑色的大眼珠，手里牵着一个三岁的男孩，守护神给女人起名为巴丘。巴丘带着男孩在湖附近定居下来，过着平静的生活，她抚养男孩长大。后来，巴丘成了男孩的妻子，他们在一起生育了好多孩子。巴丘和丈夫教会孩子敬神爱神，以求神的庇佑。巴丘生育能力极强，每次怀孕都能生下四到六个孩子，孩子长大又生孩子，子子孙孙不断繁衍，人类就这般兴旺起来。巴丘和丈夫在一起生活了很多年，就像所有的神话中创造出来的早期人类一样，他们极为长寿。活得太长了，难免厌倦，巴丘和丈夫开始厌恶自己老而不死的身体，他们渴望回到当初孕育他们的湖水中。一天，他俩把孩子们叫到伊瓜切湖畔，和他们告别。巴丘和孩子们说了一些和神相处的规矩，告诫他们和睦相处，然后和丈夫变成了两条金光闪闪的蟒蛇，向湖水最深处游去。

孩子们想念他们，那些有幸梦到他们的孩子声称，他们俩在湖水中还是人形，不过浑身披着金色的蛇鳞。巴丘也登上了奇伯查山谷的神仙榜，她被奉为地神，掌管农业收成和水源。

不知过了多久，子孙们渐渐忘了巴丘的教诲。到了第六纪，人们开始不敬神，因为一个出奇漂亮的女人来到了他们身边。这个女人是月亮神奇耶的女儿，叫惠塔卡，她鼓励人们淫乱放纵、饮酒作乐，她甚至挑唆人类不要祭拜守护神了。

守护神很生气，他被人类弄伤心了，决定用一场毁灭一切的大洪水来结果自己创造出来的人类。他念动咒语，大地裂开，水从地下涌出，形成新的大河，新河旧河交汇在一起，河水暴涨，人类被冲得七零八落，土地和房舍也被大水淹没。这时，从东方来了一个白面白须的男人，他就是人类新的救世主——自称是太阳神的博基卡。他的出现让之前的神都黯然失色，自带光环的他没有来历，也没人知道他在哪里度过的童年和少年，是哪个神造出来的，为何一出场就自封太阳神。

这个浑身上下都是谜的家伙一出场便是一副长者模样，身具神力，将洪水导出山谷，重整人间秩序。博基卡将祸乱根源惠塔卡变成了一只猫头鹰，又惩戒了大开杀戒的守护神，剥夺了他的权力，让他从此不再露面，还命令他从此用双肩扛起大地，不得休息，不过可以时不时换换肩膀。每当守护神换肩膀的时候，就会有地震。

这个故事还有另一个版本，说博基卡其实是惠塔卡的丈夫，这对老夫少妻从东方过来。背负神的使命的博基卡教引山谷里的人过文明的生活，他教人类盖茅屋、种植水果和纺线织布，他告诉人们良好的生活是自律的、道德的，但是他的妻子惠塔卡却鼓励大家恣意妄为、纵情声色。博基卡只好大义灭亲，把惠塔卡变成夜晚才会出现的猫头鹰。但是惠塔卡依然有大批的追随者，他们将她奉为酒神和享乐女神。

传说博基卡疏导洪水退去时，天空出现了彩虹，奇伯查人于是把彩虹视为获救的象征，并加以崇拜。但被博基卡打入地下的守护神却诅咒说每次彩虹出现都将伴随死亡。所以，每当看到彩虹，奇伯查人都会又惊又惧，口里念着博基卡的名字，祈祷诅咒失灵。

从远方来的博基卡

博基卡活了 2000 多年，他制定的法则被人们遵守，他也被山谷里的人奉为最重要的主神，得到了比宇宙创始者光明神奇米尼加瓦更好的供奉。奇伯查人除了用金子和烟草祭祀他，还有人祭。他们会选出一个大约 10 岁的男童做祭品。被选中的男童要搬到神庙中去，在 5 年的时间里受到无微不至的照顾。男孩年满 15 岁的时候，人们会举行盛大的祭祀仪式，将他绑在柱子上，让祭司用箭射死，然后挖出他的心脏献给博基卡。

第七纪是个分水岭，在这个纪元里博基卡的追随者们继续和神以及神的子女生活在一起，还是神和人共处的时代。后来，人的寿命越来越短，和神的差距也越来越大，神也搬离了人间，去天上或者什么更舒服的地方去住了。转眼就到了我们现在生活的第八纪，西班牙人的出现曾经被当地人认为是第八纪结束的标志。但是传说中的最为绚烂的“未来世界”第九纪，迟迟还没到来。

比起光明神以及在仙气中诞生的那些神，博基卡更有人间的气息，他虽没有开创天地，但是为人间制定了规则和秩序。奇伯查山谷里的统治者也每每声称自己的王权是博基卡所赐，王权神授，不可更替。而博基卡精神的对立面，并非他惩戒的那个恣意妄为的守护神，而是那个叫惠塔卡的女人，所以在奇伯查山谷放荡被视为违背博基卡圣律的严重罪行，有很多传说讲述了妄动淫念的男女遭受到严重的报应。

在距离奇伯查山谷很近的地方，流传着另一个创世者斯布的传说，说的是英雄斯布和当时统治世界的魔族打了一架，把对方赶走，把人类带到这个世界上。在斯布降临到这个世界之前，大地被魔族统治，首领叫索库拉，生性残忍。但魔族中也有好人，首领的儿子索博库莫就是个伟大的医者，以治愈病人为己任，他不喜欢用法术干坏事，也不喜欢父亲总是把黑暗和残暴带到世间。他娶了自己善良的表妹斯塔米为妻。索博库莫的治愈神力来自他随身带的一块神石，娶妻后，这块神石就不翼而飞了。索博库莫用魔眼看到神石居然跑到妻子肚子里去了，神石的中心还有一个小人儿。几天之内，小人儿越来越大，眼看就要生了。在他出生前，一只哑巴公鸡突然开始唱歌，根据魔族的预言，这是魔族克星诞生的信号。魔族士兵到处寻找孕产妇，想要把刚刚出世的孩子——斯布杀死。斯布的妈妈斯塔米知道了族人的计划，决定带着儿子躲起来。她本想躲到天上去，无奈时间紧迫，只得求助于地上的白蚁。白蚁将母子托举起来，抬进蚁国的地道。蚁国的地道几乎挖到了地心，母子彻底安全。在不见天日的地心，仅八天斯布就长成了一个成年人的样子。他对母亲讲，其实他的灵魂一直是个成人，不过是困在小小的身体里罢了，他的使命是消灭魔族，带来一个全新的物种，但是他又借助魔族诞生，一切都是命数。

斯布的出生让他的爷爷——魔族的统治者索库拉寝食难安，他想要杀死斯布，但每回斯布都逃脱了。因为斯布会变化，他可以变成飞鸟，可以变成老人，也可以变成一阵风，魔族根本拿他没办法。在决斗时，斯布变成蜂鸟得意扬扬地在索库拉面前飞来飞去，索库拉知道蜂鸟是斯布所化，十分气恼，他尝试用各种武器向斯布投去，但蜂鸟的目标太小了，武器反而落入了斯布手中。斯布现了原形，随手把一支矛扔了回去，杀死了他的祖父索库拉。其他魔族人还等着庆祝，但看到的是首领的尸体一块一块被斯布扔上天空，才知大势已去。

斯布毫不留情地把魔族人都赶到地下的世界，开始重建这个被魔族糟蹋过的世界，他从自己妹妹娜玛达姆那里得到了生命的种子，像种土豆一样种出了人类。

斯布身上没有很多神话英雄所带有的悲情色彩，有关他的一切都是顺理成章的，据说他和巧克力的原料可可豆之间还有渊源。在另一版本的传说中，斯布是被魔族父亲在河边发现的。魔族男子索博库莫发现河里有个奇怪的皮囊，设法捞了上来，婴儿斯布就从皮囊中爬出来，浑身湿漉漉的。

索博库莫发现婴儿和皮囊间还有脐带相连，就用牙齿咬断脐带，把他带回家中抚养。婴儿斯布不停地啼哭，拒绝喝奶，也不吃饭喝水，索博库莫的妻子只好把可可豆磨成粉末，加一点水做成柔软的糊糊喂他。小斯布十分喜欢这种食物，他在可可豆兴奋的作用下不停地笑，迅速长成了一个青年，并开始思考宇宙的意义，最终决定顺从天命驱赶魔族。传说在远古年代，经常可以看到斯布神站在树下很礼貌地向人们讨要一杯可可饮料，尽管他创造了人类，但是他一直对人类很客气，并不认为自己有生杀予夺的权力。

兄弟创世

在秘鲁西北沿海的奇穆文明敬奉的造物之神是一个叫孔的神明。据说孔从北方而来，会飞行，浑身无骨，可以跟随意念任意移动，他的意念可以推倒高山，也可以填平沟渠。奇穆人将他的形象设定为飞翔的美洲虎，头顶金冠，戴着猫形面具，手执权杖。孔创造出了男人和女人，给了他们肥沃的土地和丰沛的水源，人们把种子撒到地里，都不用照料就能很快收获粮食，水果成熟的周期也很短，人们轻轻松松就可以自给自足。但是人类在富足的生活中滋长了骄气，他们经常忘记给孔供奉，这惹恼了孔。孔停止了降雨，把沃土变成了贫瘠坚硬的荒野。人类失去了乐园，只得艰难劳作，勉强果腹。孔又觉得不忍心，于是他让山顶的积雪融化，流入山下的平原。看到了水，人们非常高兴，他们很快学会了开凿水渠，在这片土地上继续生存下去。此时，有另外一个神明降临，扰乱了孔的秩序。这个新的神明叫帕查卡马克，是孔的兄弟。

帕查卡马克向兄长孔发起挑战，在激烈的争斗后，他将孔逐出了这个世界，成为新的主宰。他对这个世界的大部分景象都表示满意，但是看着孔创造出来的叽叽喳喳的人类觉得心烦，他大手一挥，将他们变成狐狸、猴子和蜥蜴，然后创造出一批新的人类，就是现在人类的始祖。

孔的样子

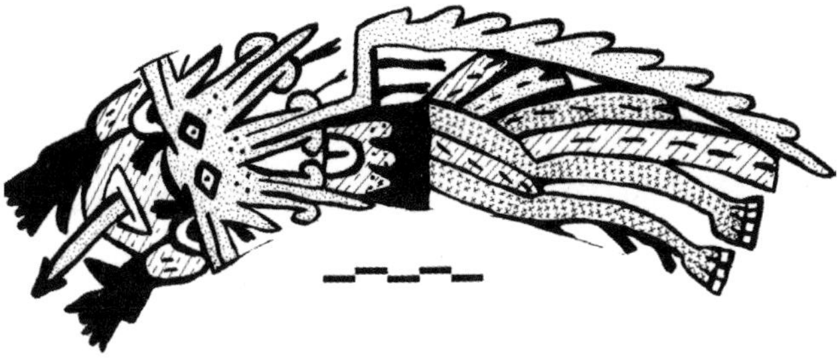

帕查卡马克

孔和帕查卡马克都是太阳神和月亮神的儿子，他们的母亲月亮神奇亚帕乌雅珂是一位强大的女性，压倒丈夫太阳神，她可以统治白昼和黑夜，只要她愿意，她可以在白天吃掉太阳，使大地重回黑夜。所以，和南美很多地方的文明不同，奇穆人认为月亮比太阳地位高，月亮才是滋养万物生长的那个主神。月亮的周期还可以预报潮汐和风暴的来临，这对在沿海生活的奇穆人很重要。所以奇穆人以月为历法单位。新月的第一天夜晚，月亮神殿会有一月一度的祭月典礼，祭品是 5 岁的孩子，小小的身躯上缠绕着彩色的棉线，被放置在神庙前的平地上，身边堆放新鲜的水果，身上和地上洒着一种用玉米酿成的奇恰酒。奇穆人认为天比地小，所以地上的生灵在死后必须排队等待才能进入天国，而掌握进入天国大权的正是月亮女神奇亚帕乌雅珂，所以对她的祭祀是不能马虎的。

创世的孔被奇穆人逐渐遗忘，毕竟不是他创造了他们，而帕查卡马克的神力迅速得以传播，很多南美印第安神话中都有他。甚至到了西班牙人到来后，很多来自欧洲的神父还捕风捉影，津津乐道帕查卡马克是名会魔法的白人男子，如同基督一般教育当地人互敬互爱。

印加文明是南美最为发达的印第安文明，又好战又好吸纳的印加人也把帕查卡马克吸收到自己的神话体系中，但是降低了他的地位。印加人的造物之神是维拉科查，他先是在黑暗中开天辟地，造出了太阳和月亮，照着自己的样子造了人。不过先造出来的是巨人，巨人生活在维拉科查的土地上，却不守规矩，维拉科查把一部分巨人变成了石头，另一部分巨人则淹死在他制造的洪水中。维拉科查回天上休息了，让大地荒芜了好多年。一天，他的造人兴致又起来了，就一口气创造出了所有的印第安民族，给了他们不同的服饰和语言。印加人虽然尊维拉科查为一切的主宰和万神之父，但是对维拉科查的神庙却不怎么用心打理，他们的理由是世间的一切都是维拉科查造出来的，他看不上任何供奉。

雪山上的鹰蛋

秘鲁的瓦洛奇里地区在安第斯山西麓，这里流传的神话和当地的雪山有密不可分的联系，他们的主神帕里亚卡卡和一座雪山山峰有相同的名字，因而这座雪山宛如主神化身一般被当地人膜拜。

在帕里亚卡卡诞生前，人类生活在动荡之中，部族间战事不断，世风日下，只有两种人被尊重：一种有拳头，可以打败别人；一种有钱，可以买到一切。在人间道德天平渐渐失衡的时候，五个巨蛋悄悄出现在鹰山上，伟大的神明帕里亚卡卡打算用这个方式来到人间。

帕里亚卡卡还在蛋里，但是他的儿子瓦塔亚库里却早早来到了人间。虽然是伟大的神的儿子，但是瓦塔亚库里在人间不过是个一贫如洗的穷小子。在他的家乡有个叫坦塔纳姆卡的家伙，靠着装神弄鬼，吸引大批信众，收取财帛，成了富人。坦塔纳姆卡家宅院的屋顶覆盖着灿烂的红黄两色鸟羽，远远就可以看到，来自各个部落的人络绎不绝地登门拜访他，询问吉凶。

有一天，坦塔纳姆卡突然患了重病，起不来床了，也没有办法继续替人占卜吉凶，当地人对他的神力产生了怀疑，而他自己也召集了当地所有的医生来给他看病，不过没人说得清他的病是怎么来的。

穷小子瓦塔亚库里从海上打鱼回来,困倦不堪的他歪在小丘边睡着了。他梦见一只狐狸往小丘上爬，而另一只正好要下来，两只狐狸见面打了个招呼，说起了坦塔纳姆卡的病。瓦塔亚库里从狐狸的话中得知，坦塔纳姆卡的妻子在烤玉米的时候被一颗七彩的玉米粒烫到了私处，于是她将这颗玉米粒拿给自己的情人吃。这种恶心的行为招来了毒物，一条毒蛇盘在屋顶，一只双头的癞蛤蟆藏在石磨下，是它们的毒气把坦塔纳姆卡给弄病了。

坦塔纳姆卡有两个女儿，大女儿已经嫁人，小女儿还待字闺中。瓦塔亚库里来到坦塔纳姆卡家，说自己有能力治好他的病，但如果治好病，就

帕里亚卡卡雪山

要娶他的小女儿为妻。尽管对眼前的穷小子将信将疑，但怕死的坦塔纳姆卡放下了架子，同意了。但是大女婿却恼怒起来，说："这么一个穷小子凭什么可以和我并肩！"瓦塔亚库里没理他，直接转头对坦塔纳姆卡说："你的病是因为你妻子和别人通奸，招来了毒物，损害了你的身体，但是你应该向大家承认，你并非神明，否则不会像一个凡人一样生病。"话音刚落，坦塔纳姆卡的妻子叫了起来："你是什么人，凭什么如此污蔑我？"瓦塔亚库里一声不吭，从屋顶翻出了毒蛇，从石磨下找出了双头癞蛤蟆，坦塔纳姆卡的妻子泄了气，马上承认了自己的不忠。

坦塔纳姆卡病愈后，如约把小女儿嫁给了瓦塔亚库里。但是瓦塔亚库里心里还惦记着另外一件事，那就是自己还未出世的父亲。在结婚前，他赶到了鹰山，父亲帕里亚卡卡还在其中一个巨蛋里，但是空气中有种气息微微流转，像是无数只蝴蝶在鼓动翅膀，这是以前从未有过的，瓦塔亚库里知道，父亲快要出世了。

但是坦塔纳姆卡家的麻烦事还没完。大女婿对这门亲事很是不满，他认为自己这样颇有身份的人怎么也不能和一个打鱼种地的穷小子结为连襟，他提出要和瓦塔亚库里进行各种比赛，想好好羞辱对方一番。瓦塔亚库里接受了挑战，他跑到山上和还未成人形的父亲讲述了这件事。帕里亚卡卡告诉儿子，不管什么比赛，只管应战便是，他自会暗中相助。

大女婿提出，第一场比赛比舞蹈和美酒。大女婿认定穷小子不通音律，也拿不出什么好酒。但是帕里亚卡卡告诉儿子，去对面的山上，变成一只羊驼，倒地装死，清晨会有狐狸夫妇经过那里，狐狸太太手提一罐美味的玉米酒，狐狸先生拿着笛子和小鼓，当它们看到他，以为是一只可以吃掉的羊驼，会慢慢靠近，当它们靠得足够近，他就用全身力气大喊，把它们吓得连东西都忘记拿，这样就可以得到乐器和酒。瓦塔亚库里照父亲说的做了。

到了比赛那一天，大女婿先开始跳舞，他带了 200 个女人伴舞，跳得十分热闹。轮到瓦塔亚库里，他掏出了笛子和小鼓，和妻子两个人一个吹笛子，一个打小鼓，边奏边舞，优美的音色和曼妙的舞姿让大地都陶醉得微微颤动。比赛第一轮瓦塔亚库里赢了。第二轮的美酒比赛，从狐狸太太那里得到的酒罐可以倒出不尽的美酒，供在场每一个宾客饮用，这一轮依然是瓦塔亚库里获胜。

不甘心的大女婿又提出比衣服。瓦塔亚库里又去问了父亲，父亲告诉他，去雪山顶上向雪神借衣服。穿着雪衣的瓦塔亚库里又获胜了。大女婿说比赛戏狮。瓦塔亚库里在泉水旁寻到一头红色的狮子，他为这头狮子念诵歌谣，引得狮子和他一起起舞，当他们起舞的时候，天空出现了彩虹，这道彩虹便是瓦塔亚库里的神性化身。

大女婿接连受挫，被愤怒冲昏头脑的他还要接着比，他提出比赛盖房子，看谁能在一天时间里盖出又大又好的房子。大女婿雇用了许多工匠，在一天之内就盖出了一间像模像样的房子，而白天的时候，瓦塔亚库里一个人只打好了地基，大女婿认为自己这回稳操胜券。到了夜晚，瓦塔亚库里唤出了天上飞的、地上跑的所有动物帮自己盖房子，天明，一栋漂亮的宅院就矗立在那里。他又赢了。

瓦塔亚库里对大女婿说：“每次都是你来定比什么，这次轮到我来定了。”大女婿同意了。瓦塔亚库里提出比跳舞，大女婿和他的妻子就像往常那样跳起来，瓦塔亚库里突然念动咒语，将他二人变成了鹿。变成鹿的大女婿四蹄扬起，撒腿就跑，他妻子跟在后面。瓦塔亚库里追上了大女婿的妻子，将她的头按在地上，又把她变成一块石头，而她的丈夫跑上了山坡，不知踪影。从那个时候起，人们便开始猎鹿来吃。

这个时候，帕里亚卡卡和他的兄弟从鹰山上的五个巨蛋中孵化出来了，他们变成了五只隼，飞上天空，落地的时候化为人身。当得知这个世界上的人崇武尊富，甚至还有像坦塔纳姆卡这样冒充神明、欺世盗名的人，几个神极为恼怒，他们化身为暴雨，将所有的房屋和牲畜都一股脑地卷进海里，只有少数品性纯良的人得以生还。

完成了对世人的惩罚，帕里亚卡卡返回到山顶，并将这座山以自己的名字命名。

瓦洛奇里人认为，因为有了帕里亚卡卡，人们开始过上了有道德但艰苦的生活，因为帕里亚卡卡为了惩罚人类，毁掉了他们的家园，将他们驱逐到干旱地区。

在另一个版本的传说中，人类曾被一个叫瓦拉罗的魔鬼统治，他规定每个女人只能生育两个孩子，而且其中一个必须献给他吃掉，但是他给了人类富饶的土地，到处都可以看到羽毛艳丽的金刚鹦鹉和巨嘴鸟，播撒下去的种子五天就可以成熟，人类也在死亡后的第五天复活。但是人类只听魔鬼的话，生活得放荡不堪。直到帕里亚卡卡和他的兄弟从巨蛋中孵化出来，打败了瓦拉罗，他们重塑了这个世界，人们开始在道德的教引下生活在旱地上。

帕里亚卡卡掌握山脉、水和风，在瓦洛奇里的传说中，他也并非道德自律的代名词，因为帕里亚卡卡经常依仗自己掌握水源而对生活在旱地的人进行勒索。比如，他曾对一名叫楚姬素素的少女承诺，只要她和自己做爱，就让她们村子有源源不绝的水流灌溉庄稼，这名少女在委身于帕里亚卡卡后变成了运河中的石头。直到现在，每到 5 月要疏通运河的时候，当地印第安人都举行盛大的庆典来纪念楚姬素素。

消失的巨人

在现今秘鲁和玻利维亚境内的卡亚俄高原上的蒂亚瓦纳科被视为印加文明的先驱者。卡亚俄高原人曾经在海拔 4000 多米的高原上建起了一个人口众多、庙宇林立的文明，如今在高原的烈日下只留下了规模惊人的石头城池和巨人石像。有人认为这个文明消失得很神秘，和千里之外的同样巨人石像遍布的海上复活节岛文明有某种联系。有的学者甚至认为，蒂亚瓦纳科文明是全美洲文明的始祖，也是一个巨石文化的帝国都城。

巨人石像的背后流传着下面这样的创世故事。在宇宙的最初，世界是属于巨人的，这些巨人生活在一片黑暗之中。有一个不知从何处来的通体白色、面有长须的巨人在的的喀喀湖中的岛屿上显身，他带领着自己的追随者在此建立了蒂亚瓦纳科城，还创造出了太阳和月亮，人们称他为孔蒂西。孔蒂西带领的巨人十分有干劲，用了一个晚上的时间就建好了巍峨的城池，但是在太阳被创造出来后，日光让这座城瞬间灰飞烟灭，他们不得不用最坚硬的石头重建。他们用巨石严丝合缝地垒成了拱门和宫室，上面的花纹是以 260 天为周期的太阳金星历。

一天夜晚，又不知从天上哪里降下来一个女人，她播撒种子，从地里长出来一个一个全新而完美得人。女人耳朵很大，每只手有四根手指，被后世称为大耳神。她播完种子就乘着天车离去。她留下的人类在蒂亚瓦纳科繁衍生息。

巨人消失了，他们的消失和不知何故惹恼了孔蒂西有关。据说孔蒂西将所有的巨人变成了石头，接着，他又按照大耳神留下的人类的样子雕刻了一些石像，也就是现在的印第安人的祖先。他雕刻出了不同的服饰，然后将石像散放在山谷中、河流边和洞穴里。放置好以后，孔蒂西向他们发出召唤，他们便有了生命。印第安人认为这个传说可以解释为什么每个部落的人衣着不一样。

蒂亚瓦纳科的巨石太过引人注目，人们对它有各种各样的说法。有人认为是孔蒂西把巨人变成了石头，有人说是孔蒂西把只顾歌舞作乐而不敬神的村民变成了石头。

蒂亚瓦纳科巨人石像

孔蒂西在高原上四处游荡，惩罚那些不遵守规矩的人，也给勤恳忠厚的人以奖励，最终他走向了大海，和大耳神一样消失了。

后来的印加文明继承了蒂亚瓦纳科的衣钵，他们将其创世神孔蒂西说成是印加主神维拉科查的前身，试图让自己的文明和这个古老而神秘消失的蒂亚瓦纳科文明一脉相承。

鳟鱼和男人的结合

在南美洲中部的亚马孙雨林，遮天蔽日的幽深绿谷中生息着各种动物，还有数不清的印第安部落，他们的数量难以统计。即便在现代文明无孔不入的今天，依然有很多雨林部落没有见过外面的来客。生活在这里的人们保持着自己的丛林宇宙观——神明性格暴躁，如同危机四伏的密林，他们时不时要将一切打翻重建。生命从死亡中来，在残酷的生存中生死并无界限。

德萨诺人生活在哥伦比亚和巴西交界的密林中，他们认为世界就是由河流和丛林组成的，太阳爸爸创造了能量、风、水和土四种宇宙基本元素，白天的太阳是白日，夜晚的月亮是黑日。神以昼夜划分，日神负责丈量时间、平衡冲突，而夜神在德萨诺人的居所马洛卡外守护他们不受暗夜野兽的侵害。在他们的世界里，人和动物在原始时代没有明显的界限，德萨诺人也不认为自己是纯种的人类，他们这样解释自己族群的由来：一条水中的鳟鱼爱上了一个岸上的男人，于是就和他同居了，他们生下的儿子就是德萨诺人的始祖。德萨诺人自幼便被代表风神的蜂鸟所庇护，在死后，他们也化成蜂鸟保护自己的儿孙，所以他们也自认是乘风而来乘风而去的风之子。后来鳟鱼和男人的子孙与丛林里不同的雌性生物同居，由此诞生了不同的部族。

在瓜亚基人的传说中，全能之神纳曼都在开辟鸿蒙之时如同一株植物一样生长，他的双脚扎在泥土里，如植物的根系，他的双臂在空中延展，

德萨诺人居住的马洛卡

亚马孙雨林遮天蔽日

就像开花的枝条，一边摇曳一边变长，树冠丰盈起来宛如头颅，树心长出了心脏，开始跳动。树一样的纳曼都开始造物。他首先创造出来的并非实物，而是语言，他用火焰和缥缈的薄雾结合，细碎的声音混杂在一起，产生了语言。有了语言，他才开始着手创造其他神，首先是语言之神，然后是火焰与日光之神、云雾烟雾之神、雨水雷电之神以及其他的神。纳曼都又划出了大地和海洋，区分了日夜，变出了最早的动物和植物。

瓜亚基人认为人类是从地下钻出来的，这些人类祖先开始生活在炎热的地心，有一天他们忍受不了越来越热的地心，于是用指甲挖出了一条地道，破土而出，来到地面，看到外面空间这么大，他们便不再爬行，扶着树木慢慢地站起来，学会用双腿行走。瓜亚基人认为第一代人类是会法术的，可以让大地的收成更丰厚，离开地心后，一代一代在地面上生活，法术越来越弱，到现在竟是完全不会了。

雨林地区的人认为人类的诞生不是和土地有关，就是和动植物有关。有的部落传说人类祖先被蛇吞进肚子，在把蛇肚子破开后才得以见天日；有的说人类本来欢快地生活在一棵巨树里面，在树轰然倒下后男女老少才唱着歌跳着舞，快快乐乐地来到这个世界上。

雨林是个过于危险的存在,所以这里生活的人没有太多勇气进行探索，他们如同绿色汪洋中的岛屿，与外界鲜有联系。尽管他们知道自己并非世界唯一的人类族群，但是他们在自己的神话体系中还是贬低外族人。雅诺玛米人说，不守规矩的人掉进了河里，被巨大的水獭和鳄鱼吃掉了，血水在水面上形成泡沫，神明将这些血水掬起来，念动咒语，将他们变成了外族人，但是外族人没有权利和雅诺玛米人说一样的语言，只配讲鬼话。

在雨林中总是存在着不知来处的各种声响，声音造物的传说更多了哲学的意味。有的印第安部落认为声音才是所有生物真正的形态，只要说出某种动物真正的名字，就可以和它沟通，从死去的英雄体内传出的各式各样的声音对应于世间万物，通过歌声和在丛林中风中夹杂的声音可以理解世界是怎样被创造出来的，以及它沿着怎样的路线在延伸。

雨林的人认为，做梦也可以是创世的一个方式。维托托部落的人认为，宇宙在最初并没有什么真实的物质，一个无具体形态的混沌神用意念幻想出来浮动的幻象。他在脑海中把梦境扭成绳索，然后顺着绳索去寻找幻境的尽头，但是幻境就像无底洞。他在空中猛踩，把幻象踩成结实的土地。在大地上结出了果实，虚幻变成了真实。

第二章　神奇的动物在哪里

就在这些古老的物种到达南美不久，海水淹没了巴拿马地峡，把它们同其他大陆隔开，由于没有食肉动物的袭扰，南美大陆的哺乳动物发展出越来越怪异的体形，出现了体形庞大的大地獭……后来，巴拿马地峡再次浮出海面，各种符合效率的北美哺乳动物，如美洲豹、剑齿虎，相继涌入南美大陆，将那块大陆原有的古老物种赶尽杀绝。

——布鲁斯·查特文《巴塔哥尼亚高原上》

善意的守护

安第斯山区空气清冽，抬起头仰望夜空，星星如同钻石般清晰，但在印第安人眼中，星星并不值得过多关注，星星之间的黑暗空间才是神兽羊驼的神圣之躯，而明亮的星星不过是它们的眼睛。羊驼对于山地人十分重要，它是主要的货运驮兽，羊驼毛可以编织成保暖的衣服和美丽的毯子，皮子可以做成印第安软皮靴，它的肉和豚鼠肉一样，是安第斯山区人主要的蛋白质来源。羊驼温顺的性格和讨喜的外表让印第安人奉它为第一神兽。

这种推崇在印加文明时达到了巅峰，印加人有办法把地上的羊驼和天上的星辰对应起来，让伟大的羊驼成为茫茫宇宙中最不可思议的那部分，印加人认为这样有助于他们去理解宇宙。他们认为在地上跑的一群一群普通羊驼是具有神性的天上羊驼的人间投影，天上羊驼不死不灭，代表神性之永恒，还有一只超级羊驼神也生活在夜空里，它的身躯无限大，星宿的

羊驼是印第安人的神兽

周天变化正是它在空中缓步行走。它是如此巨大，有极长的脖子和大大的眼睛。据说它在午夜时分会慢慢探头到大海里喝水，凡人看不到它，也听不到它喝水，但是如果它不喝水，大地在第二天就会被海水淹没。

羊驼被认为是神的使者，有预知未来的能力，可以将重要的信息带给人类。传说一个牧羊人在草场上放牧羊驼，它们不肯吃草，牧羊人问它们原因，羊驼回答说上天示警，在五天内整个世界会被大水淹没。牧羊人相信了羊驼的话，问该怎么办。羊驼叫他准备好食物，带着妻子，五天后和它们一起逃到山顶去。五天后，牧羊人照着做了，到了山顶发现动物们都已经知道了这个消息，而人类却忙于自己手上的事情，没有注意到种种异常的征兆。

远处的海水开始沸腾、上涨，慢慢淹没了山丘，狐狸的尾巴尖浸到水里，一下子变黑了，所以到现在狐狸的尾巴尖还是黑的。牧羊人在山顶耐心地等待着，又过了五天，海水退去了，大地重新露出来，牧羊人夫妇是唯一幸存的人，于是他们成为人类的新始祖。人类在羊驼的拯救下得以继续繁衍，而很多印第安人也相信，人死后会转世为羊驼，有时还能带着前世的记忆。

和世界其他地方民族的神话一样，印第安各个部族的神话中也有大洪水和人类被拯救的故事。南美洲南部地区生活的马普切人认为，大洪水是海洋蛇母皑皑挑起的，她马首蛇身，身形庞大，当她晃动巨大的身躯时，巨浪滔天，大地就像跳舞一样抖动。一天，她从海里出来，开始吞吃陆地上的人和动物，她越吃胃口越大，她想吃掉地上全部的人畜。面对强大的皑皑，陆地蛇母腾腾只得造山来保护她的子民，她造出很多山峰，让人带着动物爬得越高越好。但海蛇让海水暴涨，陆蛇只得继续把山变高。就这样两个蛇母不断斗法，山越来越高，快挨到太阳了，山顶上的人都晒得黑黢黢的。陆蛇飞上山顶，用尾巴卷下一块大岩石，把海蛇砸死了，整个世界都安静了。马普切成年女性的腰带上经常有这两条蛇的图案，蛇在印第

皑皑和腾腾两大蛇母斗法

安文化中并非狡诈的形象，而是强大雌性力量的象征。

在洪水过后，动物同样拯救人类，在厄瓜多尔的加纳利地区，印第安人讲述了下面这个故事。大洪水将一切淹没，但是一对聪明的兄弟逃到了魔山上，洪水上涨，魔山的高度也在增加，当洪水淹没了世上所有的高山，所有人都淹死了，唯有魔山上的兄弟幸免于难。但是他们在山顶没有找到什么吃的，兄弟俩饥肠辘辘。他们走下山，找到一个可以搭建茅屋的地方开始生活。洪水冲毁了一切，他们只能从土里刨出一些薯类充饥。一天，出门寻找食物的哥儿俩回来，发现桌子上摆着美味佳肴，比洪水之前他们吃的还要好，他俩也顾不得多想，狼吞虎咽吃起来。第二天晚上，他们又发现桌子上摆满了丰盛的菜肴，一连十天都是如此。兄弟俩越来越好奇，到底是谁做了这样的好事？这个世界上除了他们还有人存活下来？他俩决定看看是谁。次日，弟弟依旧出门找食物，哥哥躲在屋里，他一直等着，直到听到一些细碎的声响，似乎还有翅膀拍打的声音。哥哥出门一看，一人高的金刚鹦鹉落在他家的房顶上，一共有两只，但脸实在是看不清，时而看是鸟，时而看是女人。哥哥心急，想捉住鸟，鹦鹉受惊飞走了。哥哥只得饥肠辘辘，待在原地。

弟弟回来了，听哥哥讲述了鹦鹉女人的事情，十分惊讶，他决定自己来设伏，结果一连三天鹦鹉都没露面。直到第四天，弟弟听见鸟儿拍打翅膀的声音，他没有出声，看着两只美丽的鸟落了下来，化成人形，走进厨房，把饭菜做好。等她们转身准备离开的时候，他冲进厨房，将门闩上，两只鸟惊慌地在屋里乱飞，却飞不出去。弟弟伸手抓住了小一点的鹦鹉，而大一点的鹦鹉趁机用喙把门啄开，飞走了。

弟弟尽力安抚鹦鹉美人，不断求她留下来，嫁给自己。鹦鹉美人被弟弟打动，不再想逃走，和弟弟结婚，生了六个儿子和六个女儿。她还从远方带来了庄稼种子，让弟弟和哥哥可以有固定的收成。所以，至今加纳利地区的人很尊重金刚鹦鹉，绝不伤害，因为他们认为自己身上流着鹦鹉的血。

印第安人想借助动物的力量来保护自己，或者借助动物和神明沟通。秘鲁的奇穆人崇拜蛇，认为蛇是智慧和力量的象征，在奇穆人的都城羌羌古城里修建的异常庞大的房舍的外墙上随处可见蛇的蜿蜒造型。印加人把都城库斯科修建成美洲虎的形状，希望以此保佑城池固若金汤。在秘鲁著名的纳斯卡地线中也有不少动物的图案，在纳斯卡十分干燥的沙砾上刻画出的图形线条是南美神秘文化的代表。在一年四季温度奇高的荒野，纳斯卡人用石子修建了水渠，灌溉少得可怜的一点作物。仙人掌长得非常好，这是一种经济作物，最大的收益来自上面的胭脂虫，用手一捻，颜色鲜红，是很多国际品牌口红的原料。最初，没有人发现在寸草不生的荒原上刻出的深深线条有什么含义，直到 1926 年有人从高空看到全貌，才发现这些神秘的线条组成了清晰可辨的巨大图案，有蜂鸟、猴子、蜥蜴、山鹰，以及八条腿的蜘蛛，也有人和植物。

1932 年，年轻的德国女人玛利亚·莱歇到了秘鲁首都利马，她是来给德国领事的两个儿子当家庭教师的，但是她很快被秘鲁的风光迷住了，她把所有的空闲时间都用于安第斯山的游玩。1936 年她短暂回国，但是发现自己已经不喜欢欧洲的生活了。一年之后，她回到了秘鲁，决定做点什么。利马有家外国人都喜欢去的茶室，她在那里认识了美国考古学家保罗·科索科。保罗那个时候已经在研究纳斯卡地线，在他的带领下，玛利亚·莱歇到了纳斯卡，看到了庞大得惊人的地线。当地气候炎热、干旱，人们用白石子垒成了的漩涡一般的水窖，这种漩涡是地母帕查妈妈的化身。这些唤醒了玛利亚·莱歇对印第安文明的激情，她终于知道自己该做点什么了，什么才是自己的天命。当她开始研究纳斯卡地线的时候，当时的人们已经可以用科学手段绘制出地线的精确图纸，而她是第一个企图揭开图形背后秘密的人，她从数学、地理和物理的角度对纳斯卡地线进行了四十年的研

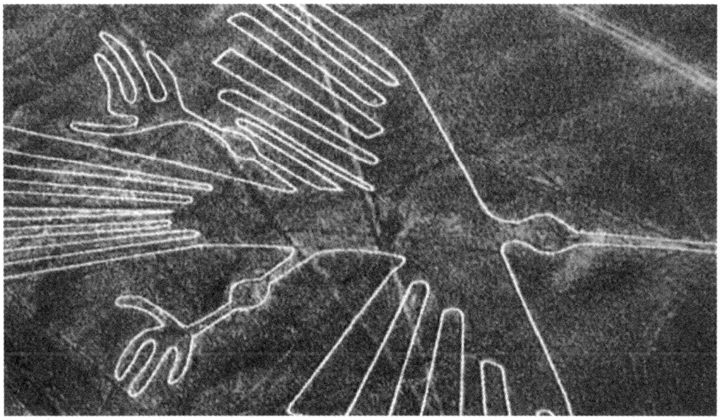

纳斯卡地线中的飞鸟图案

究，她认为，这些图案和星座排列一致，与神秘的古代占星学有关，这种说法很对当时欧洲的胃口，也符合他们对南美大陆光怪陆离的想象，但是很快被一名英国天文学家杰拉尔德·霍金斯推翻了，他用现代电脑检测了玛利亚·莱歇的理论，发现只有极为少数的图案和星座相符。关于纳斯卡地线最离奇也是流传最广的说法是瑞士作家埃里克·冯·丹尼肯在他的畅销书《未来回忆》里提出的，他说曾经有外星人飞船在纳斯卡降落，外星人的出现让当地人认为是神明降临，当他们走后，当地人便在硬土沙砾之间刻画出了巨大的线条，方便神明再次着陆纳斯卡，而那些巨大的图案传递的是欢迎的态度。

尽管在外人看来地线不可思议，但本地印第安人的看法则朴实得多，他们认为这些地线是古时村落留下的水渠，因为缺水，需要用巨大的水渠来保存水，那么围绕着村子就挖出了沟渠，图形中的动物是村落图腾一类象征物。有的考古学家发挥了想象力，认为古纳斯卡人发明了类似热气球的飞行装置，可以从空中俯瞰这些图案，有的则认为地线是供人们行走用的，围绕着特定的动物图案行走是一种古老的巫术，可以获得来自远方高山的生命法力。纳斯卡人很多也以动物为姓，以期获得力量，飞鹰、美洲虎都是常见的姓。

古代印第安人在自然的严酷中把人类的身段放得很低，他们认为，很多动物都参与了造人。雨林部落认为祖先是从蛇腹或者其他动物的肚子里钻出来的，而种子和火种也是动物给人类的。在巴拉圭河上游，奥帕耶部落有个关于火和美洲虎的可爱传说。据说美洲虎是所有动物中最早拥有火的，比人类还要早，于是动物们轮流到虎妈妈那里去要，虎妈妈很警觉，不轻易给它们，只有豚鼠拿到了，拿到火种的豚鼠没有小气地收起来，而是随手给了路边的人类。在很多印第安传说中都记载了动物的善良和慷慨。

变形记

1. 轻浮的蜂鸟

在印第安神话中，变成动物不是什么好事，多半是一种惩戒，但这种惩戒并不严厉，甚至还带着几分浪漫的色彩。

曼努比是某个瓜拉尼部落的一个帅哥，外形像美洲虎一样威猛，身材和河边的灯芯草一样修长，奔跑起来如同平原上的原驼一样灵巧，但是他生性轻浮，热衷于勾引部落里的女孩，卿卿我我，许她们未来，然后将她们抛弃。女孩们对曼努比又爱又恨，但是又忍不住在他游泳和奔跑的时候在一旁偷看。

曼努比父亲是个老巫师，他对儿子一直看不顺眼。一天，老巫师对儿子说他年纪不小了，该成家了，建议他像其他人那样娶个女人过安定的日子。但曼努比却回答说世上还没哪个女人配得上他。听了这样自负的话，精通巫术的父亲决定惩罚轻浮的儿子。曼努比有个习惯，在每个有月亮的夜晚欣赏自己的影子。一天晚上，月亮清辉洒满山谷，他照例在月光下看着自己的影子，越看越入迷。他的影子一会儿变深了，一会儿又变浅了，曼努比觉得自己一定是眼花了，心想今天的月光好奇怪啊。慢慢地，从他的影子里长出了一个他从没见过的漂亮女人，曼努比被她的美貌震撼了。这美人的容貌又陌生又熟悉，他一眼就爱上了这个美人，爱情的力量让他觉得仿佛置身于时间的荒漠，世间万物都没有了，只剩下这个女人的如花美颜。女人那么柔嫩，像新生的月亮一样让人怜爱。她不敢直视曼努比热烈的目光，羞涩地低下头，转身就走。曼努比连连唤她，她也不回头。曼努比只好傻傻地跟在后面。他俩一前一后走了一个晚上，穿过森林，跨过河流，翻越山峦，一直走到不知名的旷野上。曼努比痴痴地盯着那美丽的背影，不知自己身处何地。他们这样一直走到天明，女人不显疲累，依然美丽动人。终于，她在低矮的花丛前停了下来，让曼努比闭上眼睛。等他睁开眼，美人已经不在了，忽听耳边低语：“为了惩戒你的轻浮，图巴神把我变成了你眼前的花，他把你变成了一只很小很小的鸟，但也是世界上最美的鸟，上天对你的惩罚就是在全世界的花蕊中找到我。”曼努比觉得身子越来越轻，他有了一对振动的翅膀，他愉快地接受了任务，开始在花丛中漫游，寻找自己的美人，不觉得苦，也不觉得累。

2. 巨蝶

瓜拉尼人还有关于轻佻的女人变成动物的故事。有个酋长的女儿叫帕南比，长得特别漂亮，是方圆几百里最美的女人。很多部族斗士都带着礼物去求亲，但是这个美丽而轻浮的女孩只和他们调情取乐，并不把他们放在心上。一天，白人侵略者来了，经过一番血战，部落取得胜利，俘虏了不少白人，其中有个白人小伙子有一头金发和天空一样的蓝眸，一下子俘获了少女帕南比的心。部落里的巫师在邪神的蛊惑下要烧死这些白人，但是他们天明时发现白人俘虏都跑了。原来帕南比用美色诱惑了看守，偷偷放了俘虏，她自己也不见了。人们都说帕南比和白人私奔了。

几天后，人们在一株菟丝子下发现了她的尸体。大家又议论纷纷，说她是被白人抛弃了，痛哭数日后死去的，尤其是女人们，把这个故事描述得绘声绘色，好像亲眼看到一般。大家都厌弃她，没人给她收尸，连她的父母也羞于埋葬她。但是过了几天，帕南比的尸体形状变得有点奇怪，肿大起来，像一个大虫蛹。又过了几天，虫蛹的外皮破了，人们赶紧躲远一些，不知什么妖物会出来作祟。但是他们看到的是一只翅膀巨大的蝴蝶从尸首中破茧而出，两只翅膀流光溢彩，变幻如梦。蝴蝶向山中飞去。从此山里就有了这种巨翅蝴蝶，比任何一种蝴蝶都美，正同帕南比生前比所有的女人都美一样。不过变成蝴蝶以后，她的性子也如生前一样，只爱在花丛中流连挑逗。

瓜拉尼人也承认，尽管把风流的人变成了蝴蝶或者蜂鸟，但是这种惩

印第安女孩帕南比死后化蝶

罚也并不是很严厉，因为他们依然过着轻盈美好的生活。长出翅膀这个桥段在瓜拉尼人的神话中是很常见的，他们认为主神图巴给死后可以上天的灵魂一对看不见的翅膀，待他们到了天上，再根据他们的特点分派他们做不同的鸟，让他们下一世不必劳苦，而是在人间飞翔。

3. 会讲人言的野猪

居住在查科地区的部落依靠狩猎为生，动物在他们眼中是猎物，好的猎手是他们的英雄。但是在查科文化里，动物和人的界限也并非泾渭分明，传说中好的猎手会变成自己想要捕猎的动物。

有个猎人经常捕猎野猪，死在他手上的野猪不计其数。一天，他梦到一头大得异乎寻常的野猪走到自己面前，口吐人言，请他不要再捕杀它们。猎人醒来感到害怕，不过当他拿起弓箭长矛，便忘了梦里的情形，他继续捕杀野猪。一次，他出门捕猎，在树林里被一群野猪围攻，他爬上一棵树，树下的野猪却越来越多，密密麻麻，他自感大限已到，自己将毙命于此。忽然，潮水般的野猪向两边分开，在他梦中出现过的那头野猪施施然走来，开始说人言，声音就和梦里一样。它请猎人下来，说如果继续待在树上必然是个死，下来会放他一条生路。猎人战战兢兢地从树上下来，野猪们果然没有伤害他，野猪首领给了他一张野猪皮，半邀请半强制地让他加入了野猪群。过了几年，野猪首领死了，猎人凭借自己人类的智慧当上了野猪的指挥，但是他还是心向人类，每当看到其他猎人他都会挥手示意，教他们围捕野猪的方法。

但是这位猎人的形态已经越来越像一头野猪，让人望而生畏，虽然部落里的人称他为“比野猪还厉害的人”，但是人们总是怀疑他是野猪的探子，总有一天会把人类骗进野猪的陷阱。一天，人们把他绑回了村子，想让他继续和人一起生活，并且把森林的秘密都告诉他们。但是猎人和野猪一起生活的时间太长了，身上长满了黑色的毛，吃东西的方式也和野猪一样，和人相处他觉得十分不自在，终于他寻了个机会逃回了森林。

后来，人们还能看到他和野猪在一起，不过他再也不向人们挥手示意了，但是每当人们围捕野猪时，他就会远远躲开，不帮助任何一方。又过了几十年，没有人再见过他。

4. 水鸟的悲剧

变形的故事也可能很悲惨。在巴塔哥尼亚地区的湖区有个传说，说的是从前有个美丽的山谷，山谷里有一个风平浪静的大湖，有个小女孩每天去湖边取水，她爱干这个活儿是因为可以顺便洗洗脸，在水边梳梳头，除此以外，她只爱和家人待在一起。湖神天天透过透明的湖水欣赏小女孩黑漆漆的眼睛，着实喜欢得不得了。过了几年，小女孩长大了，湖神觉得时候已到。一天，女孩照常去取水，平静的湖水突然出现漩涡，一只巨大的利爪从水里伸出，将女孩抓到了水底。她绝望的呼喊被父母听到，等他们操着木棒赶到水边的时候，只看到女儿消失在水中。几个大浪掀起，无数条鱼被冲上岸，水里有个声音告诉女孩的父母，这些鱼是给予他们失去女儿的补偿。

女孩被带到水底，关在一个深深的洞穴中，等她睁开眼，差点被吓昏过去——她看到了很多具无头的女孩尸体。向外望去，那些女孩的头颅被湖神摆成了某种巫术阵，在水中头颅们紧闭双眼，脸孔呈青色，明显死去多时。女孩扛不住这样的恐惧，又昏了过去。

湖神变成一个英俊的少年来劝说女孩，他许诺迎娶女孩为自己正式的妻子，好好待她。女孩不允，只是抽泣着请求湖神将自己送回家，她说："我不想生活在湖底，我想看到山，看到树，还有我生活的山谷。"湖神答应了女孩的请求，但是他有个条件，女孩不能离开湖太远，即使上岸，也不能走远。女孩满以为可以回家，马上答应了。没想到，湖神用法术将女孩变成了鸬鹚。只见她的腿一点一点变短，脚砰的一声成了鸟蹼，胳膊也消失了，取而代之的是短短的翅膀，几乎无法飞行，她一开口，发出的声音就是和当初被抓到湖底时一样的悲鸣。女孩被彻底困在湖里，她虽可以上岸，但岸上的沙砾将她的蹼硌得生疼，无法多走，只得回到水里。她可以潜水到湖的深处，这也是湖神所希望的。

5. 巫师的变形

南美印第安人认为人分几个层次，即本我、自我和超我，而超我是看不见、摸不着的，往往通过某种动物表现。巫师们在人形和动物之间自由转换，在变形中才能拥有超能力。

在阿根廷北部，传说有巨型的飞蛇，在天上飞的时候如同龙卷风，可瞬间飞行千里，主宰风雨雷电和风暴，是不祥的象征。飞蛇通常半夜回到巢穴中，以人形过夜，白天再化身飞蛇，为害人间。所以，在某些部落，把男巫隐晦地称为“飞蛇人”。从哥伦比亚到阿根廷的大部分地区的印第安人还相信他们看到的丛林中的美洲虎有可能是个男巫。这种男巫具备一定的变身的力量，他们躺在一张铺在地上的美洲虎皮上，从左向右裹住自己，同时念动咒语，骨骼震动，肌肉暴涨，虎皮越裹越紧，最终完全长合在身上，一寸都不多，一寸都不少。这时他成了“虎人”，有美洲虎的金色皮毛和典型的猫科动物的脸，但是爪子比动物要灵活得多，和人的手指类似，没有尾巴或者尾巴极短。他可以吞食动物，也可以吃人。当恢复人形的时候，他还要像之前那样躺在地上，从右往左将兽皮脱下，如果在脱皮的时候有个人往他脸上啐三口唾沫，他的眼睛就会瞎；如果想杀掉他，用在神前供奉过的木棒就可以打死他，但是必须等他脱下兽皮才可以；当他是“虎人”的时候，没有什么东西能击败他。当虎人男巫死的时候，他的身子越来越瘦小，肌肉也逐渐萎缩下去，最后成了一个普通的老人，满头白发，皮肤也皱巴巴的。在丛林部落里，虎人的名声不算坏，人们认为巫师可以化身美洲虎是为了和自然沟通，他们代表某种暴虐的但同时又是

虎人有美洲虎的金色皮毛和典型的猫科动物的脸

光明的力量。

死亡动物园

1. 蛇怪

南美的印第安人和大自然共生，主张万物有灵，自然有温情脉脉的一面，也有严酷神秘的一面，所以印第安人无法不相信自己身边有各种各样神秘的妖兽，它们或带来神秘的死亡，或带来疾病。于是，在他们的脑海中，依照现实中动物的样子创造出种种怪物的意象，来解释何谓厄运。

如果一只鸡蛋孵了很久没有孵出小鸡，偏巧蛋的个头又特别小，安第斯山的印第安人就会紧张，赶紧把它丢掉，因为他们认为很可能孵出给全村带来厄运的蛇怪。这种蛇怪鸡头蛇身，十分灵巧，它的父母通常是很老的母鸡和花公鸡。

据说这种怪物一旦出生，就会迅速找到房屋的角落待下，凡是不小心和它对视的人都会死去，它的目光是可以杀死人的。这种怪物刚出现的时候，人们没有任何办法对付它，只能锁上房门，放火把房屋烧掉。后来人们聪明了一些，闭着眼睛把水盆或者镜子端到它面前，只要让它看见自己，它就会死去。

2. 阿霍阿霍

巴拉圭的瓜拉尼人认为山中有一种叫阿霍阿霍的怪兽，四蹄如羊，体形庞大，成群结队，以吃山中迷路的人为生。它们生性凶猛，遇到人类会怒气冲冲地进行攻击。如果遇到它们，唯一的办法就是赶紧爬上棕榈树。被瓜拉尼人的圣树棕榈树的气味一熏，阿霍阿霍就会晕头转向，放弃追击。

3. 卡丘鲁

阿根廷地区的印第安部落认为危险来自天空。卡丘鲁是传说中的恶鸟，形如猫头鹰，体形硕大，灰色羽毛和鬃毛相间，眼大如月，夜晚在树梢上

安第斯山蛇怪

怪鸟卡丘鲁的雕像

栖息，眼睛会从密林的间隙中发出寒光。它的可怕之处在于飞行起来悄无声息，可从空中捕食人类，谁一旦被它盯上，小命难保。但怪鸟卡丘鲁有个可爱的习惯，它嗜酒如命。它会来人类的村落，如同张开的巨伞一样落在屋顶上，如果人类识趣，就赶紧献上三大坛玉米酒，放在院子中间。如果卡丘鲁喝了，就代表它成了朋友，会保护这家人不受侵害。

4. 卡马崴斗

智利南部被殖民者视为蛮荒之地，南部的奇洛埃群岛更是化外之地。奇洛埃人是马普切人的一支，终日和冰冷的海水打交道，在各个小岛间航行，是出色的水手。这个地区传说中的怪物和水有密切关系。卡马崴斗是奇洛埃传说中经典的水怪，它有一岁的小牛犊般大小，有公山羊一样硬而短的毛，有牛一样的角，浑身闪闪发亮。和其他不知来处的怪兽不一样的是，卡马崴斗是巫医们所种出来的。巫医们把水怪角上的碎屑种在山谷深处的泥淖中，过 20 年，泥中就会长出水怪。刚出生的水怪便力大无穷，而且可以听到巫医发出的神秘召唤。这种召唤将它引向海边，它的主人已经在那里等它。尽管有万钧之力，但主人用一根海带就可以拴住它，让它顺从，任意驱使。它的巫医主人通常用它的角去摩擦病得垂死之人，据说可以赐予其生的力量，使之病愈。

5. 人鱼

海边生活的奇洛埃人有各种关于人鱼的传说。和世界上其他国家一样，奇洛埃传说中的人鱼也是人首鱼身。还没有哪个国家说人鱼是鱼首人身，因为那样会完全丧失人鱼的神秘和美感。相传奇洛埃人鱼会变化，他们上岸后就会变成人类的模样，有健壮的双腿。而变成人的人鱼无论男女都美貌无比，有长长的充满光泽的头发，几乎可以垂地，十分诱人。

奇洛埃人和人鱼的关系十分微妙。一方面，在神话体系中，人鱼也算半个神，江河湖海都有他们的身影，他们居住在水中，让水不会干涸，他们也掌握鱼类资源。所以为了捕到更多的鱼，人类定期给人鱼供奉，他们把一锅美食放在沙滩上，等着人鱼来吃，波浪把食物卷走，意味着人鱼接受了供奉。有时候浪里会出现一个女人鱼，手里提着一个装满海鲜的筐，她会上岸把海鲜放在沙地上，算是对人的回报。

另一方面，奇洛埃人也一直警惕来自水中的诱惑。人鱼很容易对人类动心，他们会设法让喜欢的人到水底和自己生活在一起。在人类眼中，这种引诱是人鱼做的坏事。人鱼在水底唱歌，动人心魄的歌声如同催眠曲，让他们的目标不知不觉走入水中，直至溺毙。人鱼会成为这些淹死的人的伴侣。因为男人鱼比较多，所以溺死的通常是女孩，人鱼会用一些水产给她们的父母作为安慰，他们企图用这种拙劣的手法使这些父母不伤心。被人鱼诱惑溺死的人会被水流送到水底一个叫人鱼殿的地方，在那里他们也会变成人鱼，但不是所有的人都可以变成人鱼，有的会变成水鸟，人鱼也会将它留在身边。如果人鱼看上的是有夫之妇，那么人鱼会设法给她的丈夫或者未婚夫一笔钱作为补偿，这种方式其实来源于马普切人部落的习俗。马普切人如果掠来了别人的妻子或者未婚妻，都要这样做。女人鱼也会掠走男人，她们会给男人的母亲钱。传说男人鱼性淫，他们不只会掠夺女人，还会与到水边洗澡的女人交欢，所以女人鱼的名声相对好一些。

据说第一批人鱼是陆蛇神腾腾造出来的，他们是在海蛇神和陆蛇神的那场大战中溺死的人，胜利的陆蛇神将他们变成了人鱼，可以永远在水中生活。有的人鱼心地善良，有的人鱼则因无法回到岸上生活而对人类心怀怒气，如果人在水里洗澡，他们就对他发起攻击，让他溺水。马普切人生活的区域河流多，人们也喜欢游泳，每年有不少人在洪水和漩涡中丧生，村民会认为这是人鱼在暗中捣鬼。

奇洛埃群岛上的人说人鱼公主就生活在奇洛埃群岛中一个难觅踪影的小岛上，她是金狼海神的最小的女儿。金狼海神是在海蛇神之后海洋的管

马普切人鱼

理者。人鱼公主奉父命管理鱼群，她在南方的海水里驱赶鱼群，如同放牧。她相貌十分美丽，在满月的夜里，幸运的水手可以看到她坐在礁石上用金梳子梳着长长的金发，有时水手还可以在行船时看到她的金发在水中若隐若现。高兴的时候，她会让鱼儿进入渔网，让渔船满载而归。人鱼公主又美丽又孤独，水手们虽然爱慕她，但是不敢靠近，就算被她的美貌所惑，但是总归是会看到她那并不性感的鱼尾巴，当水手流露出离去的念头，人鱼公主便会哭泣，一边哭一边把她孤单的伤心事唱出来，会再次让人心软而不能离去。人鱼公主还会诱惑男人和她到海底见家长，她给男人一对鳃，让他在水中可以呼吸，然后带他回海底。在法术的限制下，男人想离开大海也不行。分手的主动权在人鱼公主手里，她是个喜新厌旧之辈，如果不喜欢这个男人了，就会放了他，给他大笔的钱财。但是男人回到陆地，娶妻生子，他和别的女人所生的孩子还是会在法术的残余影响下长出鱼尾巴，村落里的人就会知道，原来这个男人曾经是人鱼公主的情人。

6. 水皮子

水生的怪物在马普切人的传说中还有很多，几乎构成一个死亡动物园。相传在智利和阿根廷南部的湖水和浅海中有一种叫“水皮子”的怪物，也叫魔鬼毯。这种生物体形如席，嗜血。黄昏时马普切人一般不下水或者过河，因为这个时候是水皮子进餐的时间。它慢慢靠近猎物，水花也不溅一星，迅速包裹住猎物，使其窒息。这种奇怪的生物是两栖的，可以上岸。不要以为它在岸上就不可怕，它在陆地捕猎时会施展自己的催眠术，然后包裹住猎物，用身上细细的牙齿将猎物啃得只剩白骨。想杀死一只水皮子需要部落巫师的帮助，念动咒语，再向其不断投掷当地酸果树的树枝，树枝落在水皮子身上可以如同炭火块般灼烧，将它不断烤焦，最终死去。

7. 蛇狐

蛇狐也是一种可怕的水中怪物，和水皮子一样，它也是两栖的。单看

蛇狐是一种可怕的两栖水中怪物

脑袋，它和狐狸一样，但是身子完全不同，它有着长长的如同海蛇一般的身子，但更为怪异的是，它又长了一条又长又粗的带倒刺的狐狸尾巴。这条尾巴十分重要，是它捕猎的工具。

蛇狐力大无比，生活在比较浅的水域和泥淖之中，它可以用那惊心动魄的大尾巴上的倒刺将落入它所在水域的人或者动物拖过来，使其溺毙在水中，然后吃掉。有时为了诱惑猎物，它还会用法术让水变浅，使人畜误以为可以安全踏水通行，等他们进入水中，它再让水面上涨，弄出漩涡，淹死他们。和水皮子不同的是，蛇狐不喜欢离开水，离开水它就会打冷战，好似感受到了冰一般的寒冷。

如果一片水域有蛇狐，想要安全通过只能借助船只。只要有蛇狐在，靠水生活的人就时刻在危险之中。如果想赶走蛇狐，就要借助巫师的力量。巫师先奉上礼物给蛇狐，软语请它离开。如果蛇狐不听，那么巫师就要开始作法。他们勇敢地进入蛇狐的水域，待蛇狐涨水，漩涡形成，走到漩涡中，从中找到蛇狐的尾巴，用法力将其抓住。接下来的手法就很简单老套了，用刀子威胁它，叫它不许再待在这里，否则就将它剁成几段。受了威胁的蛇狐通常会老老实实跑掉，于是这片水域就不会再有奇奇怪怪的漩涡了，畅通无阻，人们也可以放心在河中洗澡、打水以及游泳了。

8. 牛形羊

牛形羊是个牛头羊身的怪物，浑身毛色丑陋，蹄子是弯曲的。它也同样和水有关。它主要生活在水中，也是两栖动物，在水中也是危险十足的动物。它会像疯了一样攻击人畜，直到对方死亡。据说最早的牛形羊是一只羊和一头畸形的牛交配生的，这种丑陋的动物一降生便被视为不祥之物。它在岸上虽然不主动进攻，但它会造成更大的危害，那就是如果它从牲畜群中走过，那么所有的母牛或者母羊都将生下畸形的小崽儿。但更可怕的是，如果孕妇看到它或者听到它的叫声，就会生下畸形的婴儿或者流产。

牛形羊是个牛头羊身的怪物，浑身毛色丑陋，蹄子弯曲

如果孕妇连续三个晚上梦到牛形羊，预示着她腹中的孩子是畸胎。

9. 阿里坎朵

马普切人还守着全世界最干燥的沙漠阿塔卡马，沙漠神话中的鸟——阿里坎朵，体形庞大，美丽得近乎魔幻，展开双翼便有璀璨的金光射出，脖颈像天鹅颈一样优美，但是爪子又尖又长，散发着寒光。它的美丽之处在于通体发光，所以飞翔的时候不会在大地上留下影子，它的翅膀有金属的光彩，眼睛里有烈火般的灼热。但是这种美丽的鸟却可以将人引导至死亡之地，所以也是不祥之物。

马普切人生活的地方再往南是火地岛，也被称为世界尽头。代表西方世界的麦哲伦在 1520 年抵达火地岛的时候看到了鲸鱼搁浅的尸体，又看到岛上冒着烟，不知是何生番之地，故而未敢登陆。1619 年，荷兰舰队越过合恩角，在荷兰人手上拿着的地图上，绘图师凭借想象在火地岛周围绘满了人鱼、蛇发女妖和巨鸟。西方人相信，火地岛四周是寒冰海水，其中有烈火炼狱，正是地狱的写照。

第三章 多重天地和多重灵魂

心中没有上帝的人，尽可以去迷信。

——马尔克斯《番石榴飘香》

天地日月和灵魂

继续从世界尽头火地岛讲起。火地岛上的人环顾周天，觉得有四个天，分别对应东西南北四个基点，其中东天是最为重要的，因为是造物主特茅克神居住的地方和万物之源。

用时间和空间划分天地是印第安的传统。从时间上来讲，印加人认为现在的天地是后生的，此前还有五个世界，所以这五个世界在神话中都有过开启和毁灭的过程。印加人认为天上的太阳也并非不变，现在照耀人间的是第六个太阳。第一太阳纪的时候人们还生活在山洞里，第二纪的时候人们只会使用石头，第三纪的时候大家都生活在山谷里，到了第四纪人类开始有了文明。每一纪被土风火水四种元素毁灭，也受到战争的影响。一个太阳纪结束的同时，它的主神也随之消亡。

从空间上来讲，印加人的宇宙分成上中下三层，在三层世界中还存在进入过去和未来的通道，所以宇宙就像一层一层摞在一起的法式可丽饼。这些平行宇宙之间有信息的往来，所以人类可以预言未来，和看起来没有生命的石头交流，因为在另一个世界里，石头也许是个有活力的生命体。

印加宇宙观和天上的星星紧密联系，在他们生活的南半球，天空的中心是南十字星，也是主神维拉科查的标志。印加人根据南十字星的形状创造出了印加十字架，有四个角，象征时间、空间、移动和生命这宇宙四要素。这四种要素不断碰撞，产生了多种宇宙关系。人类作为卑微的宇宙个体，所经历的每一刻不过是宇宙的往复。在南十字星的启发下，印加人认为他们生活的这个宇宙是分成四个部分的。为了呼应天上的秩序，他们的中兴之主帕查库提将首都库斯科重建，修建了四条大路，从中心广场向四方延伸，这四条大路既象征着帝国，也分别对应宇宙秩序的四个部分。

银河在一年中的 6 个月从东北向西南斜穿天际，而在另外 4 个月，从东南向西北斜穿，这种变化和印加人的旱季和雨季基本是重合的。印加人的历法被认为十分神秘而费解，时间上的历法和空间上的构造被他们结合在一起。41 条歪歪扭扭的线条呈蛛网状，从中心广场散发，它们连接印加各部落的圣地——印加人称之为华卡，华卡包括泉水、墓地、洞穴或者圣石。印加历由 41 个星期组成，每周有 8 天。圣地华卡的网络和历法交织在了一起。每一个华卡都有自己的意义以及地位。通常，华卡是印加各个部落的始祖在洪水之后重新选择的繁衍后代的地方，另外，也是出现神迹的地方。比如，库斯科城外的一块巨石相传就是一位印加贵族所化，印加军队经常给它穿上精美的衣服，甚至出征的时候都带着它，以此鼓舞士气。印加帝国有 1000 多名专门记录圣地和历法的人，他们会将时间和空间结合在一起，形成一个独特的、不断变化的宇宙周天。

对造物神维拉科查、太阳神英蒂、大地之母帕查妈妈等神祇的崇拜是印加神话的主要内容，这些神话是支撑印加帝国精神世界的基础。印加人

印加人根据南十字星的形状创造出了印加十字架

构建好了自己的宇宙和各方神明，然后南征北战，把神话沿着安第斯山向南北两个方向推广，让印加秩序在庞大的帝国中运转起来。

印加人崇拜太阳，奇穆人则崇拜月亮，在被印加人征服后，奇穆人只能调整主神的座次，把月亮放在太阳之后，之前他们一直认为太阳是一种凶恶的力量。奇穆人对月亮的崇拜承袭自莫切人。莫切文化比奇穆文化和印加文化都更加古老，他们的月亮主神叫斯。莫切人在海边生活，是出色的水手，所以他们认为掌管潮汐的月亮比太阳强大，月亮变成新月被视为月亮受伤了，而重新满月象征月亮女神的胜利。为了给予月亮能量，他们会献祭，甚至用活人。一些农耕的小部落则崇拜星星，他们把星座描绘成天上的野兽，某些星座的出现被认为是一种信号，意味着旱季的结束。

另一支印第安主要种族瓜拉尼人属于热爱避世的那类人，他们认为宇宙最初一团混乱，神在混乱中造出了世界。他造出的第一块大地是人和神共同生活的乐土，人们无病无灾，衣食富足。但是有个男人和自己的姑姑发生了关系，犯下了神最不能容忍的乱伦之罪。神发怒了，用大洪水惩罚了人类，不让他们在乐土上继续居住下去，他一夜之间把乐土转移到了一个神秘的地方，自己也搬到天上去了。大洪水过后，第二个神造出了第二块大地，从乐土上被赶出来的人们只能在这片有疾病、有痛苦的大地上生活。人们称第一块大地为“无垢之土”，称第二块为新大陆。瓜拉尼人相信，品行良好的人还可以进入已经消失的“无垢之土”，但是前提是要找到它。

在马普切人的世界里，天地像个分成四瓣的大橙子。神和灵住在上面，人住在下面，而这两半世界又从垂直的角度分成了好的和坏的，于是好的神和坏的神，好的人和坏的人，都在同一个平面中体现出来。

马普切人认为，他们生活的地方是世界的中心，看不到的四方中东方是圣地，所有的神都来自东方，西方是恶灵出没的地方，北方和南方分别是噩运和好运的源头。马普切人并不通过修建庙宇来祭拜神明，而是用更为自然的方式，他们会在林中寻找四周被肉桂树环绕的一块空地作为自己的神庙，在肉桂树树干上刻上凹槽，这样，部落里的巫师可以爬到树顶和天上的神沟通。

马普切人的宇宙充满了一个词，或者说一个概念，就是灵。他们说在天地生出来之前，灵充盈在一片虚无之地，他们有各种各样的形态，他们的身子是用软绵绵的云朵做成的，有的是自然界的灵，有的是人类的灵，有的是神的灵。

灵的脾气其实不太好，在远古时爆发过古灵大战。当天地还是个新生儿的时候，神和灵一起醒来，他们觉得黑乎乎的世界不方便，就联手创造出了光。男灵中最为强壮的是安图，他找到一个中意的女灵昆雅作为自己的妻子。从这第一对男灵女灵搅和在一起开始，天地间才有了时间，时间才开始像流水一样向前流逝，不再回头，直到现在，没人能够从头到尾将其丈量。

安图威猛神勇，女灵们都喜欢他，她们对昆雅的嫉妒随着时间的流逝而不断增长。看到女灵们都为安图吃醋，男灵们也不高兴了，在他们的怂恿下，女灵们对安图越来越不客气，她们的爱变成了嫉恨，引发了一场战争。佩里也是个强大的男灵，他在安图之后也找到了妻子，但是他不能忍受安图被视为第一强大的男灵，他带领着一伙不安分的男灵以及对安图因爱生恨的女灵对安图宣战。他们之间的战争旷日持久，越来越多的灵被卷入了战争，整个宇宙没有一处净土。这场大战被称为古灵大战。

在战争之中，安图和佩里的儿子们都长大了，加入了战斗。打着打着，儿子们生出了夺权之心，觉得是时候把老爹的位子抢过来了，于是他们改变了战争的主题，把它变成了子对父的战争。安图和佩里很生气，儿子居然敢挑战他们的权威，于是他俩又联合起来，教训儿子们。他俩把这些漂亮高大的孩子往云上扔，云是刚刚造出来的，看起来像一床大被子，孩子

马普切人的世界里，天地像个分成四瓣的大橙子

们以为云会接住自己，其实云是空心的，他们的身体穿云而过，重重地摔在地上，巨大的身体摔成了几块，把地上砸得高低不平，他们的身体化成了山。这样人间就有了地势的起伏，不再是平坦一块了。安图和佩里的战争仍在继续，最终安图获胜，他把失败者佩里和他的追随者从天上扔到地上，摔死了他们。佩里他们的尸体在地面上砸出了大大小小的深坑。很多曾站在佩里一边的女灵哭泣着恳求安图原谅她们，她们的泪水把地上所有的沟渠和深坑都填满了，就形成了河流和湖泊。古灵大战结束了，女灵们又想起了被摔死的孩子们，看着孩子们的尸体变成了没有生命的大山，又开始哭起来。最为强大的宇宙灵同情她们，让尸体有了生命，但不能恢复本身的样子，就让他们变成动物，其中佩里儿子的尸体变成了一条叫皑皑的雌蛇，而安图的儿子变成了雌蛇腾腾，她们后来引发了马普切人著名的陆蛇海蛇大战，最终导致了大洪水。世界再次洗牌。

马普切人的灵种类很多，有存在灵和创造灵，男灵，女灵，恶灵，善灵，等等，但是在他们的体系中没有传统的善恶分明的对立，恶灵不一定作恶，男灵女灵也可能作恶。灵没有年龄，可以说他们古老，也可以说他们是年轻的，因为构成他们核心的是一些抽象的概念，比如热情、直觉、梦和理解力。

马普切人认为生命的目的是要掌握创造力、想象力、直觉和理解力这四个方面的知识，通过历练和学习，学会自我存在的方式，掌握自己的天命（上天给予的命运），如此这般，才可以在结束尘世生命后变成强灵。强灵往往是部落首领死后所化，他们不只保护部落，也会在不高兴的时候弄出洪灾、地震、疫病来惩罚自己的子孙。马普切人说强灵藏身于地上、高山顶上或者山岩里面，他们要是生气了，火山就会爆发，大地就会颤抖。

马普切人真正畏惧的是自己的父系先祖，他们崇拜父亲，更崇拜祖父，如果祖辈已经去世，会比生前更加受到尊重和畏惧，因为死去的祖父有可能已经成为自然界的灵，他们的回忆会直接影响现在还活着的人的生活。马普切人就生活在各种灵之中，他们询问灵的意见，平衡灵之间的关系。马普切人喜欢黑色，因为黑色象征超自然的空间，也象征着灵，马普切巫师们经常使用这个颜色，仔细看会发现马普切人的黑色其实是一种沉甸甸的极深的蓝色。黑色和代表战争、鲜血、花朵的红色以及代表自然和大地丰饶的绿色一起，成为马普切人最为钟爱的三种颜色。

很多神话中都有一个创世的主神，但是马普切人没有。为了让马普切人皈依天主教，17 和 18 世纪时西方的传教士从马普切人的神话系统中来回找，依然找不到一个万能的主神可以和上帝对应，但是这些西方人找到了一个可以称为神的词——“人之管理者”。尽管这些西方人的传教没那么顺利，但是很多马普切人依然抱怨说西方宗教的冲击把他们的神话体系搞乱了，这种混淆让他们本来的世界虚弱下去，马普切人也不如当年英勇。

奇伯查山谷的穆斯卡人把统治和宇宙结合在一起，他们也认为在我们生活的这个世界之前还有好几个世界，只不过都是没有生命的世界，只有风和石头而已。太阳神苏阿的后代成为穆斯卡国王，他手下的贵族是月亮神奇耶的后代。穆斯卡人的管理十分精密严格，采取封而建之的管理策略，贵族在自己的领地上拥有绝对的权力，控制军队，制定法律。贵族还管理祭司，但是每个领地上有一个大祭司不受贵族控制，他们被视为帮助人类启蒙的博希卡神的代言人，大祭司和贵族都要服从穆斯卡国王。贵族死后，继承他的位子的不是他的长子，而是他的长姐的长子，这种舅甥相传的方式使得地方政权无法做大，不会威胁到国王的权威。穆斯卡人认为现在的世界距离未来已经近了，等未来的时间中止，现在的世界就彻底完结，在宇宙不知名的某个地方，会开启一个新的世界轮回。

阿瓜路纳是厄瓜多尔南部和秘鲁北部的亚马孙丛林部落，他们认为自己生活的世界是多层世界中的最底层，被太阳神、地母、战神、智慧神、毁灭神统治。他们认为所有的人都有两个灵魂——好的和坏的，在人死后，他的好的灵魂会上天，而坏的灵魂留在人间成了小魔鬼。他们认为雨林里充满了灵魂，每棵树和每个动物都是一个死去生物的转世和化身。有的雨林部落还认为天地有七层；还有的认为天地有五层，分别是人间、地狱和三层天堂。

印第安人的天地并不那么泾渭分明，查马科科人甚至认为本来是地在上，天在下，但是天忍受不了总被人踩在脚下，提出和地换个位置，地答应了，就一直到现在。

天和地之间如何沟通联系呢？很多丛林部落对树有敬畏心态，他们认为在上古时代，有一棵大家可以共享的大树，称为宇宙之树，根扎在土里，树冠抵达天堂，人们可以顺着树爬到天上去。宇宙之树的种类也随着部落的不同有变化，有的说是棕榈树，有的说是刺梨树。不过现在这棵宇宙之树已经不在了，倒塌的原因各有不同。图帕里部落认为，天地之初，除了人类，还有一些会法术的人，他们被称为术士。术士有自己独立的部落，不和人来往，但是他们却给人带来麻烦。一个术士家里生出了半人半野猪的怪物，这个怪物专吃小孩，于是不堪其扰的人类邻居只好一个接一个爬上宇宙之树，想到天上躲一躲，没想到怪物也顺着树的藤蔓上来了。正义的鹦鹉啄断了藤蔓，怪物一下子掉了下去，摔成了碎块，大一些的碎块变成了鳄鱼、鬣蜥和秃鹰，小的变成了蜥蜴和癞蛤蟆，而宇宙之树也承受不了那么多人的重量，轰然倒了。术士部落的人自感再也不能待在人间了，于是飞升上天，住到了天上，成了不死的神，凡人再也看不到他们，只有萨满的灵魂才能上天拜访他们。还有的部落对宇宙之树的倒塌非常随意地编了一些故事，比如被虫子蛀断了，而且他们认为在有这棵树的时候，一些凡人也爬上了天堂，树倒了之后，他们下不来了，也就顺便在天上成了神，变成太阳、月亮或者星星什么的。

宇宙之树是一棵大家可以共享的大树，根扎在土里，树冠抵达天堂

天地之间的联系除了树，还有其他的东西。厄瓜多尔的卡内克拉丘人认为，升腾的雾能把地上的东西带到天上，雨能把天上的东西带到地上，鸟也是信使，可以在天地之间传递信息，甚至有的鸟也能进入阴间。

灵魂和萨满

南美印第安人相信他们有多重灵魂：一个是拥有名字的灵魂，掌管行为；另一个灵魂像阴影一样，由记忆和思想组成。但是世界很危险，灵魂容易受伤害，萨满的任务就是保护这些灵魂。

雨林部落的人认为人的灵魂分为人和兽两种，代表理性和天性。舒尔人是亚马孙最大的部族，他们说人类身上有三种灵。一种是天生灵，天真烂漫，如同小动物一般有活力。天生灵每个人身上都有，它给予人类自由的肢体和简单的思考。

第二种是本灵，本灵被认为只存在于男子体内，赐予肉身力量和潜能。有了本灵，人就不会夭折，疫病也很难使他死去。获得本灵有两种方式，一是家族传承，一个人死后，他的灵魂可能转世到后人的身体里，继续在这个家族里生活，那么转世后的人就拥有本灵，有的还能记起自己前世的事。但是大多数的人没有这么幸运，他要去寻找自己的本灵。舒尔人从六岁起就要在森林里寻找自己的本灵，他们要耳聪目明，张开自己的每一个感官去感受大自然所给予的信号。舒尔人终其一生都在寻找本灵，找到本灵后，男人在战场上便十分英勇，因为本灵是不会随着肉体的死亡而消逝的，在战死后，本灵会化为复仇灵，继续攻击敌人。

舒尔人说的第三种灵便是这种复仇灵，是本灵在人死后所化的，舒尔人部落的斩头习俗就是针对复仇灵的。西方人在对亚马孙的不断探险中见到一种小小的人头皮囊，毛发五官俱在，但是只有正常人头的五分之一大小。看到这个物件，西方人很害怕，也生出很多猜测，甚至认为雨林里生活着另一种人类，有和地球完全不同的文明存在。事实上，这只是舒尔人制作出来的象征自己胜利的物件。当舒尔人的两个部落发生冲突，胜利一方的酋长会把战败一方酋长的人头砍下来，经过剥离、挖目、去骨、蒸煮、阴干、烟熏等过程，将人头做成原来的五分之一大小的皮囊，皮囊和一个男人的拳头差不多大。为了不使头颅上的头发脱落，还有独门技巧保留毛发。西方人称舒尔人为猎头族，外界的猎奇心理让舒尔人人头皮囊在黑市上的价格不菲，很多都卖给了西方收藏家和游客。事实上，舒尔人制作人头皮囊的目的是彻底消灭对方的本灵，防止灵魂回来报复。

自然界居住的神明有的保护人类，有的则喜怒无常，不拿伤害人类当一回事。为了搞懂神到底在想什么，要做什么，印第安人终其一生都在努力和神明的世界沟通。对灵的信仰是印第安部落中很普遍的，他们相信万物有灵，所以人类可以以灵的形态和身份去和万物交流，可以超越肉体去和神明沟通。很多事情都可以使灵魂离开身体，比如疾病、纵欲，或者另一个灵魂的入侵也可以使本来的灵魂出窍。

厄瓜多尔山区的人认为万物都有灵魂。他们把土豆打扮成娃娃的样子，让不孕的女人抱着睡觉，他们相信，在人的气息的熏染下，土豆会有灵魂，渐成人形，天长日久，土豆娃娃的灵魂会转移到她的肚子里去，最终生出一个真正的孩子。

正是因为印第安人的世界充满了神明和鬼魂，天地之间不可名状的东西都有自己的灵魂，所以他们才格外需要沟通者，那就是萨满或者巫医。治病是萨满重要的职责，不管是灵魂上的病还是身体上的病。萨满大都精通草药学，对植物和矿石都很了解，他们会运用心理、宗教和催眠的方式治病。除了治病、通灵，萨满还声称自己可以支配天气，掌握猎物和收成，据称火地岛的萨满还能控制时间的快慢。

南美的萨满之间没有什么统一性，更没有拜同一个神。每个部落都有

舒尔人制作人头皮囊的目的是彻底消灭对方的本灵，防止灵魂回来报复

自己的萨满，他们的招数都不一样，通灵的方式也不一样，有的用致幻草药，有的唱唱跳跳，有的节食闭关，有的声称自己在平行世界里变成了动物。有的亚马孙部落相信，虎人和鱼人是世界的主导者，而人类不过是生活在最底层世界的可怜生物，能否在渔猎上有收获取决于虎人和鱼人的恩赐，所以萨满要去看不见的那个世界去求他们。有的地方有沼泽，人们畏惧沼泽，认为里面居住着水蟒人，萨满说自己在灵魂出窍后可以和水蟒人沟通。但是这种灵魂出窍也十分危险，因为雷神会派出手下袭击他们，让萨满的灵魂无法回到身体。

雨林里生物种类十分繁杂，不管是植物还是动物，都可以变成神明或者恶灵。在这样一个危机四伏的世界里，雨林部落里的萨满可以让死去的人的灵魂附在自己身上，和生者对话，也可以抓鬼，或者成为人和神之间的沟通使者，也可以治病救人，平息自然灾害。他们的宇宙观更多的是无序、狂躁的。他们重视仪式，癫狂的舞蹈和繁复的程序让他们联想起无序的宇宙，世界好像随时准备被打翻，重新来那么一下。

安第斯山的人和亚马孙雨林的人一样，敬畏自然界无处不在的灵魂。印加人认为有一些人天生具备影响灵魂的能力，这种影响可以是善意的，也可能是恶意的，所以有好的萨满，也有诅咒下毒的黑萨满。黑萨满终日和毒物打交道，作法害人，这种巫术就连印加王都要小心提防。印加王的侍女会把印加王脱落的头发立刻吞到肚子里，就是防止落入敌对的萨满手中。印加人随时感觉到神明的脆弱和诅咒的力量，在这样一个充满灵魂的世界里，他们活得如履薄冰。

印加王身边也有萨满，主要是占卜。尽管印加萨满的社会地位远没有祭司高，但很多贵族都会请他们占卜，在做重大决定之前会找他们来先问个吉凶，普通人也会找他们，寻找失物或者寻找亲人的下落。占卜的方式是多种多样的，有的是看炭火的灰烬，有的是观察蜘蛛网和蜘蛛网上捕获的动物，或者用玉米粒、豆类来抓阄。

很多部落认为，萨满不是天生的，但是他们是被上天选中的。被选中的人会生一场大病，病得迷迷糊糊，在一种濒临死亡的状态下听到一种声音的召唤。被选中者闭着眼睛，但是很多画面会突然涌到他眼前，飞速地转动，很多是他从未见过的东西。神用这种方式给了他这个世界的秘密知识，也给了他奇特的视角去看世界，这种天授的方式让此人在一个昼夜就可以获得成为萨满所需要的所有才能。出色的萨满可以超越生死，重生为兽。也有的部落认为萨满是世袭的，儿子从父亲那里继承萨满的神力。萨满新手会得“萨满病”，一开始，是神志混乱，举止失常，胡乱唱歌跳舞，像疯了一样，就像部落老人说的，是人性和神性较量的结果。被神明所左右才是一个人真正要成为萨满的前兆。

也不是所有的印第安人都相信大病和疯癫是成为萨满的途径，马普切人更相信学习的力量。马普切部落里的萨满，被称为玛奇，是部落里最受敬重的人。他们是巫医，是灵魂的引导者，也是军事指挥者。无论是男人还是女人都可以当玛奇，但是过程十分漫长。部落的酋长和老玛奇要在一群孩子中挑选下一任玛奇的候选人，选拔的条件很多，比如孩子的家族中之前是否出过玛奇，他从小有没有表现出预言能力，家里的病人有没有在他的安慰下病势转轻，这些都在考量之中。当确定最终人选后，小玛奇就要开始跟随老玛奇进行漫长的学习，主要学的是草药的知识。

玛奇事实上就是马普切人的医生，用草药和巫术给他们看病，据说厉害的玛奇连白人的病都能看好。玛奇知道所有的事情，部落里打仗也是玛奇来指挥的。玛奇是善良的巫师，但是他们也可能在黑暗势力的诱惑下成为黑玛奇。如果玛奇成为嫉妒爱财之辈，只为了获得报酬才给人看病，或者用自己的智慧作恶，和人类为敌，成了鬼怪的帮凶，那么他就黑化，成了黑玛奇。

根据马普切人的传说，很多玛奇是在和自然界的黑暗势力的斗争中不幸被对方收买的，经常诱惑他们的就是来自奇洛耶群岛的男巫。

奇洛耶群岛上的人是马普切人的一支,他们没有萨满,只有作恶的男巫。男巫的本事很大，可以不用喘气，可以飞行，他们还能变成黑狗、黑猫和猫头鹰，可以远程作法害人，还能呼唤怪物。和玛奇一样，奇洛耶男巫也具备丰富的动植物知识。

奇洛耶群岛在大海上，而男巫们的灵魂之舟就漂浮在其中。男巫们每三个月要到船上去提高自己的灵力，和闭关修炼差不多。灵魂之舟从不靠岸，所以男巫们要骑海马到达那里。每当海上突然升起浓雾的时候，奇洛耶渔民都能看到一艘巨大的船浮在海面上，船上响起鼓乐之声，还亮着光，好像里面的人在庆祝什么节日，船头立着一只黑色的公鸡，两侧划船的水手都有一条腿向后折到背上，形容可怖。很多奇洛耶人都能很真实地描述大船的样子，就连水手的衣服都说得清清楚楚，他们说自己清楚地看到水手挥舞着惨白的手向他们打招呼。碰到这船，渔民们不敢呼救，更不敢操起武器,他们唯一能做的就是静静等待它消失。过一会儿,船就消失在雾里,渔民便继续打鱼。

奇洛耶男巫是害人的，他们催眠盯上的猎物，进入家宅，拔掉猎物的头发，给他的后背和四肢放血，或者在村里传播疫病。这些男巫虽然外表看上去和人类一样，但是他们不能吃盐，肉桂也不行，还一年四季都紧紧围着围巾来遮掩他们脖子上的巫师文身。

每个奇洛耶男巫都有一件用死人胸口上的皮做的披风,因为没有后背,所以用带子把披风系在身上，如果除掉他的披风，他就像刺猬一样蜷起来。这件魔披风对男巫非常重要，有了它，他可以变化、飞行、隐身、开门入户。在飞行的时候，披风像个灯笼似的会发光，可以照亮道路。没了披风，男巫就什么也不是。奇洛耶人为了避免亲人的尸体被男巫糟蹋取皮，会将

奇洛耶群岛在大海上，而男巫们的灵魂之舟就漂浮在其中

尸体剁成几段再下葬。

萨满和致幻草药

萨满要通过服用致幻类草药来通灵，其中比较重要的草药就是古柯叶。安第斯山的印第安人一直爱咀嚼这种叶子，据说可以减轻高原反应。这种神奇的叶子最早是被蒂亚瓦纳科人发现的。据说很久以前蒂亚瓦纳科人发现了肥沃的盆地，为了开垦土地，他们放火烧掉了上面的植被，结果惹恼了雪神。雪神掀起了一场暴风雪，把蒂亚瓦纳科人逼进了山洞里，等他们出来的时候，发现之前储备的粮食已经发霉。他们只得出去觅食，有个人到附近的灌木里去找吃的，没找到，就摘了几片叶子充饥，结果吃完之后神采奕奕，他非常高兴地和同伴分享，后来蒂亚瓦纳科人就开始大量种植这种古柯叶。印加人以蒂亚瓦纳科文明的继承者自居，所以他们也有咀嚼古柯叶的习俗，整个印加帝国的贵族和祭司都以咀嚼上好的古柯叶为荣。印加人在死前，都会嚼几片古柯叶来减轻痛苦。

因为古柯叶的这种镇痛功效，所以关于它的很多传说都和痛苦有关。相传有个放荡的女人，她到处留情，让很多情人都伤了心，后来她被情人联合起来杀死了，从她的尸体里长出了古柯。还有的部落说古柯是女人发现的。有个丧子的妇人悲痛欲绝，在旷野中痛苦地游荡，无意间吃了几片古柯叶，发现内心的痛苦减轻了，于是她告诉了村里人，大家就在病痛的时候拿它来镇痛。印第安人总是把古柯叶和女人联系在一起，叫它母亲的香料。

对于印第安人来说，古柯叶与咖啡和茶的作用差不多，第一次来到秘鲁高原的人会在当地人的招待下喝一杯古柯茶，缓解不适，睡一个好觉。在阿根廷、玻利维亚和秘鲁，饮用古柯茶是合法的。古柯叶一年收获三次，玻利维亚的拉巴斯地区可以一年收四次，在秘鲁的高地地区甚至可以一年

当地手工艺品中表现的萨满形象

收六次。人们把收来的古柯叶晒干后，直接咀嚼或者用来泡茶。从公元前3000年的印第安木乃伊的头发上检测出的成分也证明，早在那个时期印第安人就已有了饮用古柯茶的习惯。在印加帝国出现之前，其实古柯叶的使用早已普及，但是安第斯山区进入印加帝国时代后，古柯产业一下子被印加贵族控制起来了，古柯叶成了只有贵族才能享用的奢侈品。后来，西班牙人入侵南美，他们瓦解了印加帝国，也顺便把古柯产业从贵族手上解放出来。西班牙人迫使印第安人为他们做苦力，古柯叶作为干活的时候提神的东西，再次在百姓中普及。

金虎尾汤是几种致幻类草药混合起来的迷魂汤，南美北部和中部的印第安人非常喜欢这种汤剂，因为在致幻类草药的作用下，他们能看到自己想象的那个宇宙，和神明进行交流，至少离神的世界近一些。金虎尾汤只有萨满才会做，主料自然是金虎尾这种植物，但是其他的配料就是各个部落萨满自己选用的了，可称是独家秘方。现在印第安人依然在宗教仪式上服用金虎尾汤，本土医生认为金虎尾汤可以治疗抑郁，但是疗效都十分短暂，而且服下后会出现恶心、呕吐、发抖和昏睡等反应。但是也有不少民俗学家坚持称金虎尾汤可以加速人类的意识觉醒，和神灵交流，改变人生，治疗疾病和解决精神问题等。

舒尔人在寻找本灵的时候也要用金虎尾汤。当一个少年下决心要在森林里寻找自己的本灵的时候，他要先把自己关在屋子里好几天，不吃东西，只喝水，这是进入森林前的一种训练，好让自己的耳朵更灵敏，眼睛更灵活，以便能发现自然之神给的那些暗示。之后，他会和一位导师一起出发，导师会陪着他找到本灵。导师带着少年一直往大森林的深处走，走上几天，少年会惊讶地发现有一间小屋出现在自己眼前。小屋被称为梦屋，每个部落都有属于自己的秘密梦屋。导师和少年在梦屋里住下，每天取水，做饭，和在村子里一样。但是导师告诉少年，要留心周围的一切，当有动物凝视他、植物没有随风摆动、瀑布的水量突然改变、彩虹出现方向异常等异兆出现的时候，他要马上回到梦屋，服下金虎尾汤，然后睡下，等着本灵降临。导师在这个时候会守护着少年不被野兽侵害。他告诉少年，本灵会以死去长者的面目出现，或者某种动物，他必须解除掉自己所有的意识武装让本灵像泉水一样涌入身体。当少年醒来，觉得头脑和身体都比以前更灵活，还知道了一些自己以前不知道的事情，那么本灵就已经在他体内了。他回到部落就成了真正的男人，父母会尊重他，处处询问他的意见，而且他还有资格成为部落的斗士。若干年过去，少年老了，他会成为导师，带领着新的少年到丛林中的梦屋，帮助他们寻找自己的本灵。

亚马孙地区的萨满在进行助人通灵的仪式的时候，也用到金虎尾汤。萨满让参加通灵的人围成一个半圆，然后他开始抽烟草，从鼻子喷出烟来，喷到每个人身上，据说这样可以在仪式开始前先净化一下身体。之后参加者要服用萨满调配的金虎尾汤，20 到 45 分钟后，参加者会出现“金虎昏”，晕倒在地，还有的人会呕吐，但每个人毫无例外都能看到幻象。每个人看到的幻象各有不同，萨满称这些都是人生的指引，要好好去思考。

雨林的人对致幻类草药十分依赖，维托托部族的男人每天晚上会找个地方一起吸食古柯叶和抽烟草，他们还喝鸟爪汤和木薯酒，晕晕乎乎很晚才会散去。

在世界最干燥的沙漠地区生活的阿塔卡马人通过吸食致幻鼻烟来接近神，他们认为神都生活在火山里，所以想和神说话只能通过这种方式。

第四章　失落的黄金国

风高高扬起所有的尘土

在日落的天空看起来都像黄金

——弗罗斯特《大量黄金》

金人的故事

哥伦比亚的北部流传着这样的传说：开天辟地的神是四个兄弟，他们在鸿蒙之中诞生，看到天地混沌，十分不满，决定创造出一个美好的世界。他们先是把天抬高，又把地踩结实，让天上有云朵，让地面上有山峦、河流和树木。忙活完了，看着自己创造出来的世界，兄弟四人甚为满意。兄弟中的一人说："这样美好的景色，好像还缺了点什么。"于是四人一致决定造出一种生物来主宰这个世界。大哥从身边挖出一块泥土，捏出了一个有胳膊有腿的小人，晾在林子里阴干。等泥人干了，看见泥人模样很讨喜，大哥很得意，说："让这个小家伙当世界的主宰怎么样？"三哥说："地面上这么多河流湖泊，咱们用水试试他。"大哥把泥人扔到河里，不一会儿泥人就化为一摊稀泥。三哥嘲笑了大哥。二哥在一旁看着不忿，他从树上劈下一段木头，用心雕刻起来。二哥手巧，雕出的木人五官细致漂亮，四肢也纤细很多，二哥还细心地给木人刻出十个手指和十个脚趾。大哥和四弟都凑上来看，啧啧称奇。三哥却不以为然，说再扔到水里试试。二哥早有准备，把木人轻轻放在河里，木人漂浮起来，不沉底，水明显不能伤他半分。三哥转了转眼珠，又说："拿火来试试，木人要是水火不侵才能当世界的主宰。"他们点起了一把火，精工细作的木人被火舌吞噬，火烧过后，地上只剩下一堆黑色的灰烬。大哥二哥都生气地看着三哥，说："都是你在捣乱，我们倒要看看你有什么办法能造出人。"三哥不慌不忙，从兜里掏出一块金子，没人知道他什么时候在兜里藏了一块金子。三哥是兄弟四人当中穿得最华丽的，掏出一块金子也符合他的性格。三哥用最坚硬的刀在金子上雕刻，按照木人的样子雕出了一个金人。金人浑身闪闪发光，比泥人和木人都漂亮得多。大哥二哥嚷嚷着也要用水和火考验金人，金人被放到水里，自然是没事，当二哥生了火，准备用火烤金人的时候，本来完全不动的金人突然大叫一声，头也不回地跑到森林里了，只留下兄弟几个面面相觑。

四弟一直很沉默，他是兄弟几人中最不起眼的一个，他割下自己一块肉，说用肉来造人。大哥二哥本来就不高兴，三哥在金人跑了以后也觉得丢脸，他们不理会四弟说什么，直接走了。四弟用了一个晚上的时间造出了有血有肉的人，还设法让人会繁衍后代。等大哥他们过来看的时候，森林里已经到处都是叽叽喳喳的人了。四弟告诉大哥他们，这个世界已经有了主宰，他们的任务完成了，该去安息了。于是兄弟几个离开了地面，去天上休息了。

四弟造出来的人很善良，也很有好奇心，他们在森林里种地、打猎、男欢女爱，生活有滋有味。有一天，他们在森林里发现了早先逃跑的那个金人。金人浑身硬邦邦的，放射出耀眼夺目的光芒，人类情不自禁很崇拜他。金人很倨傲，看到人类态度谦卑，对自己又很敬畏，他开始支使人类干这干那。人类拿来了美酒和好肉，但是他们发现金人吃不了东西。金人说他喜欢宝石，人类又采集了很多宝石奉献给他。金人就这么被人类养了起来。和人类待得时间久了，金人的身体也慢慢软化了，能吃东西了，后来他还在人类中找了个姑娘结婚，生下了后代，但是金人那种吝啬自大的性格也遗传给了自己的后代。后来，在哥伦比亚北部的部落里，要是一个人过于会算计而发了财，大家就说他是金人的后代。

哥伦比亚以盛产黄金而著称，中部的瓜塔维塔湖里产沙金。据说在湖底可以寻到金器、绿宝石和数不清的珍宝，因为在这里生活的印第安部落有个奇特的风俗。他们敬畏湖神，认为湖神对部落酋长的任命有发言权，所以，在新酋长继任前，要敲锣打鼓地送新酋长到湖边斋戒几天。斋戒时，新酋长要脱光衣服，让祭司给他浑身上下涂满金粉，然后赤身裸体戴上各种黄金打造的首饰。新酋长只身乘坐独木舟来到湖中心，跳进湖中，把身上的金首饰摘下来，丢在水中，还要把身上的金粉都洗干净。相传新酋长用这种方式来给湖神金子，换取湖神的支持。如果新酋长上岸的时候身上还有残留的金粉，那么其地位的合法性就会受到质疑。这里的酋长也被称为“金人”。久而久之，这个湖底堆满了金器，成了名副其实的黄金湖。黄金湖的传说也越传越离奇，成了令西班牙人着迷并寻找上百年的神秘黄金国的渊源。

在哥伦比亚还有一个关于“小金人”的传说，基本是期待一夜暴富的人所编织出来的幻想。相传小金人是个死婴的灵魂，他本质不坏，只是想找一个温暖的家。夜晚，他经常在道路边出现，形象是个哭泣的孩子，如果人们经过时不理会他，他会哭得越发厉害，甚至会在地上打滚。如果有人停下来询问他，小金人会张开嘴，嘴里发出炫目的金色强光。人受此强光照射，会一瞬间失明，然后昏厥过去，等醒过来的时候已经是次日的清晨了。小金人不伤人，但是他对于那些想发财的人来说是个宝贝。相传如果用咒语把小金人定住，用盒子小心翼翼地把他装起来，每天用一种比茴

哥伦比亚中部的瓜塔维塔湖里产沙金。据说在湖底可以寻到金器、绿宝石和数不清的珍宝

香还小的粮食颗粒喂他，小金人就可以拉出金子，让他的主人成为富人。小金人每天会喊主人为“爸爸”，如果他觉得“爸爸”对自己不够好或者照顾得不够精心，他会愤而打破盒子，一走了之，寻找下一个人来照顾自己。

太阳神和假黄金国

太阳神是印加帝国最为尊崇的神祇，和古埃及一样，印加王室将自己视为太阳神的后代。相传很久以前，人们没有固定居所，没有对神的敬畏，连衣服都不懂得穿，也不会种地，不会放牧，只能从树林里采些野果或者捉活的小动物来吃。太阳神看到他们不成体统，于是派了他的一儿一女来到人间，结为夫妻，训导人类。

太阳神把他的一双儿女送到了的的喀喀湖旁边的一个山洞里，并且交给他们一根金棒，对他们说：“在你们走过的地方试一试把金棒插进泥土，如果金棒能一下子插进去，那就是我为你们选定的福地，你们就要止步，在那里建立城邦，你们会受到人们的爱戴。”据说这根金棒比男人的胳膊稍短，有两个指头那么粗。太阳神的儿女将金棒带在身边，从山洞出发，去寻找福地。一路上，他们在吃饭或者睡觉的时候，就把金棒插入泥土里，最终让他们的金棒完全陷入的地方是库斯科河谷。

当金棒完全入土，太阳神之子、第一代印加王曼科对自己的妹妹说：“按照太阳神父亲的指示，我们在这里建城吧。现在我们分别去寻找民众，对他们讲述道理，让他们归顺太阳神。”曼科向北，他的妹妹向南。一路上，无论遇到什么人，曼科都向对方宣扬太阳神的伟力，而且教化他们，给他们穿上衣服，教他们良好的生活习惯。蛮人们看到太阳神之子的伟岸身姿，对他所说的话深信不疑，并且相互传诵，越来越多的人愿意追随他。

而他的妹妹采用了一种简单的征服方式。她杀了一个人，取出内脏，叼在嘴里。人们看到她，以为是食人族来了，纷纷逃之夭夭。这样，库斯科轻易地落入她的手中。这个传说彰显了印加文化的两个方面——教化与征服，之后的印加人就是通过这两种手法开拓出了西半球领土最大的帝国。

印加王曼科下令修建太阳神庙，让人们在节日期间祭祀太阳神，以感谢他用光芒普照大地。对于第一批追随自己的人，曼科允许他们戴硕大的耳环，于是这些人的耳垂被坠得很长，和其他人一下子能区别开来，这些人就是日后的印加贵族——长耳者。

尽管印加王来历神秘，但是这些基本都是后世的传说，而印加帝国的真正强大，和一名不受宠的印加王子有关。事实上，在西班牙人到来的100多年前，印加帝国还未完全崛起，安第斯山还是各个部落势均力敌的时代，错综复杂的安第斯神明体系里有无数掌管自然界的神，这些神有各自的领地，每个部落供奉着自己的神。

印加命运的转折出现在一位叫帕查库提的王子身上，他不是父亲属意的继承人，母系力量也很弱，所以游离在钩心斗角的权贵之外，但是他是个有抱负的年轻人。他的父亲怀拉科查是个固执但怕死的男人，他早早就指定了继承人，好让野心勃勃的帕查库提趁早死了心。在一次羌卡人对库斯科的进攻中，怀拉科查决定放弃库斯科，带着继承人逃到深山中去保存实力。而帕查库提决定拿起武器，保卫印加人的圣地库斯科，他带领留守的男子与崇拜蛇的羌卡人接连进行了数场血战，据说连城外的石头都参加了战斗。羌卡人节节败退，库斯科保住了，帕查库提王子赢得了印加男子的崇敬。一心想得到父亲认可的帕查库提把羌卡俘虏带给父亲，让父亲在他们身上擦脚——这是印加人胜利的仪式。但是怀拉科查拒绝了，可能是因为儿子的大获全胜反衬出他的无能。他高傲地拒绝了儿子的献礼，说这是属于下一代印加王的荣耀，要由他指定即位的王子来完成。帕查库提十分生气，说他的那个兄弟跟娘儿们一样，怎么能完成这么重要的事情。怀拉科查很生气，想杀了这个烦人的儿子，而帕查库提只好决定和父亲一战。

第一批追随印加王曼科的人被允许佩戴硕大的耳环，他们的耳垂被坠得很长，这些人就是日后的印加贵族——长耳者

有一个传说讲述了帕查库提是如何下定决心的，说的是帕查库提在探望父亲的路上，被小溪中发出的一道光吸引，走过去发现溪水中有一块晶莹剔透的水晶石，石头里居然有一个小人。小人从石头里走出来，他的装扮如同印加的贵族，戴着黄金大耳环，额头系着红色的头巾，但是他明显并非人类，他的胳膊上缠绕着吐着芯子的毒蛇，肩膀和两腿之间有美洲狮的头。帕查库提王子吓坏了，拔腿想跑，但小人叫住了他，让他不要害怕，说自己就是造物主维拉科查。他向帕查库提透露，帕查库提不仅会成为印加之王，还会是众国之王，印加的军队将征服许多土地，他会保佑印加的军队战胜一切强敌，但作为回报，印加人必须敬奉他为保护神并时常献祭。维拉科查把藏身的水晶石送给了帕查库提王子。若干年后，帕查库提从水晶石里看到了自己要征服的土地。

得到神佑的帕查库提下定了决心，推翻了自己的父亲，成为备受争议的新印加王。在即位仪式上，帕查库提看到了贵族们不屑的眼神，他们和他一样，有长长的耳垂。印加贵族的身份不仅体现在华贵的衣饰上，而且从脸上也一望可知，他们的耳垂被沉沉的黄金大耳环坠得很长。这种耳垂是贵族特有的。在一年一度的卡帕克节上，12 到 15 岁的印加贵族少年举行成年礼，他们将接受一系列的考验，残酷的考验后是神圣的穿耳仪式，他们的耳垂将被金针刺穿，然后插入一枚金色的耳环，随着年龄的增长，越来越多的功勋让耳环越来越大，越来越沉。帕查库提明白，统治印加，还要在未来开疆拓土，仅作为长耳者是不够的。

和自己的祖先一样，帕查库提直接宣布自己是太阳神英蒂的儿子，受到造物主维拉科查的庇佑，代表光照万物的太阳统治人间。因为是英蒂的儿子，所以他是人间唯一可以和英蒂沟通的人，也是英蒂在人间的唯一代言人。他在颁布每条法令之时，都要强调自己和太阳神的关系。后来他的如同罗马人军队一样军纪严明的队伍征服了许多部落，废除了不少这些部落的主神的节日，取而代之的是专门纪念太阳神的节日。

为了太阳神祭典，印加人每天都献上数不清的豚鼠和羊驼。在重要的节日或者胜利庆典也用活人来祭祀，15岁以下健壮的少年是最理想的祭品。在祭祀的时候，少年们可以先饱餐一顿，喝上一壶美酒，醉倒后被带到太阳神庙割喉。

这一切都是印加王帕查库提推动的结果，他缔造了印加帝国的中兴和强大，但是对他个人而言，他对自己天上的父亲英蒂和人间的父亲的态度一样，并不十分认可，一方面他如此公开努力让人们相信太阳神是无所不能的，另一方面他私下里却对自己身边的人表示，太阳神并不是万能的，否则怎么会允许卑贱的乌云挡住自己的光芒，所以至高的神明依然是维拉科查。

与此同时，在库斯科，修建太阳神庙的浩大工程在帕查库提的监督下一刻不停，英蒂的地位得到充分的体现。这座宗教建筑称为“科里坎查”，但是大家都叫它“黄金屋”。巨大石块经过磨合，榫接在一起，上面镶嵌着密密麻麻的宝石，以至于石头原本的颜色已经看不出来了，两个手掌宽的黄金带环绕整个神庙，门廊和门框镶嵌上金板。神庙的花园里没有活生生的植物，只有惟妙惟肖的黄金制作的玉米和土豆，有叶有秆有花有穗，连泥土都是金块。这些只是陪衬，最主要的是以庙宇为中心向四周辐射状修建的六间礼拜室，第一间便属于太阳神英蒂。这间礼拜室墙壁上全是黄金板，内墙上悬挂的金制日盘，上面镶嵌代表太阳光芒和火苗的金丝，正好可以被初升的太阳照射到。每天清晨，祭司们怀着敬畏之心看到英蒂礼拜室内发出耀眼夺目的金光。

祭司有男有女，他们享受了印加民众上缴给神明的税收，几千名祭司在太阳神庙工作，大祭司通常是印加王的亲兄弟。祭司们每天要宰杀一头白色的羊驼献给太阳神英蒂，一头棕色的野兽给造物主维拉科查，也顺手

帕查库提认为自己是太阳神英蒂的儿子，受到造物主维拉科查的庇佑，代表光照万物的太阳统治人间

照顾一下庙中供奉的其他神明。这些神明来自印加王征服的土地，如果这些土地上的人顺从印加帝国，那么他们的神尚可获得礼遇，如果有一丝造反的苗头，神像马上会被拖出神庙，当众加以鞭笞羞辱。

女祭司数量也不少，住在另一座神庙，她们的选拔和培养从 10 岁左右开始，只有出身高贵的女孩才有机会获得这种“选女”的身份。被选中后，她们要跟随年老的选女学习主持宗教仪式、纺织、印染、酿酒。三年出师后，她们要参加太阳庆典，在那里印加君主和贵族将从她们中间挑选自己中意的女人留在身边，而剩下的则打发回去，宣布她们为“太阳贞女”，即嫁给英蒂的女人。这些女孩必须忠于自己的太阳丈夫，如果被人发现与世俗男子有不恰当的情感，就会被活埋。到了献祭之时，这些女性的命运会更为悲惨，因为照例人祭所用的女性也是从太阳贞女中挑选的。

在西班牙人到来的时候，印加王统治着美洲最庞大的帝国——惊人地跨越 32 个纬度，从亚马孙雨林到南部的沙漠。印加人把南美洲西部的各个民族结合起来，用庞大的道路网络和结绳密语来统治这个西半球最大的国度。印加人如此崇拜太阳，他们认为黄金是太阳的汗水，把金色和太阳联系在一起。而西班牙人把太阳和大量的黄金联系在了一起，于是就有了之后的悲剧。西班牙人认为印加帝国藏有大量的黄金，而印加人无法理解白人对黄澄澄的金属块所产生的执念和由此而产生的恶念，在他们看来，黄金不过是一种适合表达太阳神威的金属而已，而且它足够柔软，适合锻造。

印加藏金的名声也是因印加人自身的乞怜而壮大的。1532 年，印加王阿塔瓦尔帕听说有一伙白人抵达了太平洋海岸，探子回报说他们看起来有些狼狈，不像十分强壮的样子，200 人的印加军队足以杀光他们。这群白人就是以皮萨罗为首的来找黄金的西班牙人，皮萨罗就用这点人马征服了南美最大、被认为最骁勇善战的帝国，很多印加人认为是一种命数。当时印加王阿塔瓦尔帕并没有下令伏击西班牙人，而是任由他们带着武器长驱直入，这是一个历史的谜团。有印加祭司认为，虽然印加帝国一直崇拜太阳神，但历任印加王对太阳神的态度都不够虔诚，终将遭受灭顶之灾。

皮萨罗一路杀来，要求和印加王见面。阿塔瓦尔帕在卡哈玛卡城的营帐中见他。皮萨罗依仗火器，在一场恶战之后，俘虏了印加王。他要求印加人在两个月的时间里用金锭填满一间屋子，用银锭填满两间屋子，高度至少要一人高。为了救印加王，在接下来的几个星期里印加人将数百件金银器皿带到卡哈玛卡。为了尽快看到黄金国，一伙西班牙人奉皮萨罗之命到了印加都城库斯科，当他们看到周身被金板覆盖的太阳神庙以及其他建筑的黄金外墙的时候，如同疯了一般。他们用工具将金板撬起来，昼夜不停地在库斯科抢掠。除了黄金，他们把不少镶满宝石的银像也装到自己的褡裢里。面对野蛮的西班牙人，印加祭司们吓坏了，他们认为白人下一步目标就是印加帝国的镇国之宝羊驼，于是决定将最健壮的羊驼赶到离库斯科远一点的地方去，远离这些贪婪的外国人。祭司们悄悄地把神庙周围饲养的羊驼赶到了一个秘密的山谷里。神圣羊驼队离开库斯科，印加帝国的光芒也随之黯淡下来，等待他们的是漫漫的长夜、死亡和鲜血。

印加人如期凑齐了赎金，却进一步激起了西班牙人的贪欲。金银日夜冶炼，最终炼出了 6 吨黄金和 12 吨白银。也有一些珍宝免于炉火冶炼，比如一个 4 岁小孩一般高的纯金神像就被直接带走，作为战利品献给西班牙国王。印加王阿塔瓦尔帕履行了诺言，也迎来了自己的死期。

据西班牙人记载，印加王阿塔瓦尔帕被带到卡哈玛卡城中心的空地上，四周西班牙士兵把守森严，他们把他绑在木桩子上，身下堆满了柴火。当行刑人举起了松明火把的时候，一看自己将被烧死，阿塔瓦尔帕十分恐慌。因为根据印加的宗教，他的尸身如果不进行防腐处理成为木乃伊，他就不能在死后进入另一个世界复活。于是他问身边的神父能不能马上受洗成为天主教徒，以此避免火噬。于是他受洗了，并被处以绞刑，然后他的头颅

印加祭司在科里坎查中向太阳神祈祷

被砍下来示众。这则故事被后世认为是西班牙人在抹黑印加王，诋毁他的意志，来瓦解这个以印加王为精神信仰的国度。印加人都说，印加王是太阳神的儿子，在阿塔瓦尔帕的头颅被砍下来的一瞬间，天地震动，印加人和太阳的纽带就此割断。

失落的黄金国

在征服印加帝国后，一直嘀咕没有得到想象中那么多黄金的西班牙人又得到了一个传说：真正的黄金国不在印加，而在印加以北的地方。不满西班牙人入侵的印第安人也乐于讲述各种关于黄金国的真真假假的传说，让他们燃起希望，去寻找也许根本就不存在的地方。几个世纪以来，幻想中的黄金国让无数冒险家把命葬送在南美大陆。印第安人总是这么说，有个极为富有的民族，生活在丛林中，走对路的话几天就能到达，或者翻过山就能看到。他们神神秘秘地说起丛林里的某座神庙，里面有通往黄金国的入口。也有人说，黄金国其实是个巨大的城市，里面的房屋庙宇异常轩敞，都是金子做的。

从 16 世纪到 19 世纪，从哥伦比亚到圭亚那，许多来自欧洲的远征队和探险队几乎把南美部落翻了一个遍，对黄金的痴梦竟是一直没有断过。许多探险家把命搭在了南美，留下遗嘱，要自己的后人继续坚持寻找黄金国，他们每个人也都认为自己已经很接近了，只差最后一步。但是他们中的大多数人只是在越来越密的森林里越走越远，看到了笨拙的巨蟒和在太阳底下把身子晒得暖烘烘的鳄鱼。

有人认为，顺着奥利诺科河下游一直前行可以进入守护黄金国的山丘地带，在河里可以找到一条隐藏的通往山脉的通道，但是黄金国的周围被强悍的食人族所看守，难以到达。也有一个迷路的士兵说自己找到了黄金国，那里是一座寒冷的高地城市，庙里都是黄金，生活在那里的民族会用

西班牙人幻想中的黄金国

草编出栩栩如生的动物。

西班牙人既是黄金国这一传说的信奉者，也是传播者。据考证，南美很多民族的黄金国的传说其实是西班牙人一路寻找时散播的，比如派提提迷城、凯撒之城等等。派提提迷城是个谜团。人们一直在说，在秘鲁的东南方有个名为众神之母的森林，遮天蔽日的枝蔓之下有座迷失之城，宽阔的花园里伫立着很多金像。当地人相信，这个城市直到今天还在一直运转，因为最后的印加人还住在里面，他们等待着回到天外的世界，去把过去受损的秩序复位。这个明显带有科幻色彩的传说流传在玻利维亚、巴西和秘鲁三国的交界。派提提迷城的传说不是印第安古老神话传说的一部分。事实上，这些迷失之城的说法非常像欧洲人的风格，而且派提提迷城的说法是从 16 世纪开始的，与西班牙人疯狂寻金的年代正吻合。据文献记载，曾有西班牙冒险家到过一个热带丛林之城，城市很大，内有金银珠宝，里面生活的人称此地为派提提。众神之母森林里还不时能发现刻有奇怪弯曲线条的石头遗迹，不放过蛛丝马迹的寻宝者对这些线条痴迷解读，他们疯狂地认为这是藏宝图的一部分，以某种方式相连可以找到进入派提提的入口。另一个版本认为派提提的入口在巴拉圭河的发源地库尼库尼湖里，由瓜拉尼人七大神兽之一的特由亚瓜来守护。特由亚瓜外形半蜥蜴半狗，性子十分凶猛。每个派提提人都佩戴着沉甸甸的黄金饰品，从远处看他们和金人无异。甚至有猜测说派提提是远比印加先进的现代文明，派提提人遗留下的设备至今能发射干扰电波，让直升机不能靠近。冈萨雷斯・皮萨罗是弗朗西斯科・皮萨罗的另一个兄弟，他曾带领 400 名士兵、4000 名奴隶和 2000 条狗去寻找派提提，但是，一年之后，他只剩下 80 个残兵，无功而返。

在美洲南部的巴塔哥尼亚荒原上，黄金国有另外一个名字——凯撒之城。1528 年，有个叫弗朗西斯科・凯撒的船长率队沿着南美西海岸寻找白

特由亚瓜是守护由瓜拉尼人的七大神兽之一，
外形半蜥蜴半狗，性子十分凶猛

银山——欧洲人对美洲的另一个幻想。上岸后，凯撒和他手下的人抵达了一片水草丰美之地，目之所见有牛羊，当地人以金银为佩饰，性格温和。他们彬彬有礼地接待了突然出现的白人，还在告别的时候送上了礼物。为了避免和弗朗西斯科·皮萨罗碰面，凯撒带着他的人翻越了安第斯山，登上了可以看到大海的高峰，穿越了400年不曾有点滴降雨的世界上最干燥的沙漠阿塔卡马。他们一直走了7年。跟随凯撒的印第安人都已经受洗，所赐圣名都为凯撒，所以这支队伍也称为凯撒军。他们最终从潘帕斯平原南下来到巴塔哥尼亚。据说，他们在巴塔哥尼亚见到了前所未见的金银财宝和数不清的“秘鲁羊”（羊驼），这里的印第安人衣饰考究，是有教养的一群人。这便是凯撒之城最初的由来。

在印加亡国后，有个又瞎又老的印第安人说，在西班牙人开始屠杀印加人后，很多印加人沿着印加信使行走的小路往南部逃，逃到一个叫钻石谷的地方，从那里他们就失踪了，因为他们毁掉了道路，避免引来追杀。最终，印加人带着自己的金器到了一个地方，便是凯撒船长碰到的那个部落。老人说自己年轻的时候有幸在那里生活了三四年，他记得土壤肥沃，收成不错，人们可以用金器饮水。但是老人没有说起他是如何离开那里的。

随着时间的推移，凯撒之城这个明显带有欧洲特色的名字让传说往另一个方向发展，混合成了一个富有欧洲色彩的魔幻印第安故事。在智利传说中，凯撒之城是在巴塔哥尼亚迷失的西班牙人建立的城池。一群找金子着了魔的西班牙人最终和印第安南方居民结合，他们的后代生活在一座叫作凯撒之城的富庶城市。城中的长者是纯种西班牙人，但是他们的后代已经是混血了。这些人在虚无之地建了这么一座没有时间的城，城市的街道铺满了金砖。这里的人长生不老，也不需要努力劳作便可获得温饱。凯撒之城欢迎所有的外来者，即使误入也可定居，但是只要离开，便会把去那里的路线以及那里的所有事情都忘得干干净净。这座神秘的城市如同海市蜃楼，在巴塔哥尼亚荒原上漂浮，偶尔可以听到里面的欢声笑语，所以它还有一个名字，叫巴塔哥尼亚的欢乐城。直到这个世界走到了尽头，前面再也没有时间了，凯撒之城才会停止移动。这座城是游荡在安第斯山麓和巴塔哥尼亚荒原上的西班牙人的幻想，他们亦想停止杀戮，和当地人和平共处，共居一城。

还有一则关于印第安黄金宝藏的故事。相传年轻的西班牙士兵瓦尔韦德和当地印第安姑娘相恋，不愿再当兵，于是和姑娘私奔到现在厄瓜多尔境内的皮亚罗的山上安顿下来，过起了小日子。三年后，一支西班牙军队途经他们居住的村子，把瓦尔韦德吓了一跳，他怕被同胞发现自己当了逃兵而难逃一死，决定和妻子回西班牙。为了凑盘缠，他和妻子求助于村子里的老人。老人告诉他们，西班牙人当年扣印加王阿塔瓦尔帕为人质向全印加王国索求大批金银为赎金，在厄瓜多尔驻守的印加将军鲁米纳辉十分忠君，他收集了大批财宝准备赎回君主，但是还没运到，背信弃义的西班牙人就杀掉了阿塔瓦尔帕，他一怒之下将财宝全部收回，藏在了人迹罕至的山里，半点也不给西班牙人。据说一旦有西班牙人要寻宝，山峦和大地便会一起颤抖，发出恐吓的怒吼。但是老人经不住瓦尔韦德和他的妻子苦苦哀求，告诉了他藏宝的地点。也有说法认为，瓦尔韦德娶的是当地酋长的女儿，他丈人为了让女儿女婿顺利回到西班牙而泄露了藏宝的秘密。

瓦尔韦德去了山里，三个星期后，他回来了，带回了大批的财宝，其中最引人注目的是一只纯金打造的张开双翼的山鹰，眼睛是大颗的绿宝石，翅膀上每一片羽毛都纤毫毕现，栩栩如生。印加人认为山鹰是太阳神的使者，游走于人间和太阳神之间，传递神谕。村里的人一见金鹰，便将瓦尔韦德团团围住，不让他走，他们要求他把金鹰放回原处，说除非印加帝国重新建立，否则金鹰不可出世。瓦尔韦德只得听从，将金鹰放回山中。但是贪心的他已经拿了许多金子，一夜暴富的他带着财宝回到了西班牙，引起了同乡的侧目。那个年代，关于美洲和金子的事情是西班牙街头巷尾谈论不尽的话题，没过多久，瓦尔韦德在小酒馆对老乡吐露了关于金鹰的事情，消息很快传开，有人告诉了当时的西班牙国王查理五世。

国王召见了瓦尔韦德，以性命要挟他说出藏宝的地点并绘制成图，这就是日后著名的瓦尔韦德藏宝图。尽管西班牙人说得活灵活现，但是印第安人称并无此人在当地生活过的证据，藏宝一说纯属瓦尔韦德自己编的。

当然有人按照瓦尔韦德藏宝图去寻找宝藏，但是当地气候多变，山路崎岖，沼泽遍布，没有人成功寻到任何一点金子或者银子，传说中的金鹰更是没有寻到。关于为印加王凑赎金而藏宝的故事在阿根廷北部也有，这些财宝被羊驼驮进了安第斯山，没有人再知道它们的踪迹。据说这批财宝是活的，可以在地下的山中任意移动。在每年11月的时候，南半球正是夏季，山中有蓝色的火焰飘浮，据说用刀子插住蓝火，它便不再移动，往下挖就可以挖出财宝。有人曾经真的插住蓝火，但是没有工具，他回家去拿铁锹，但是回到原地却怎么也找不到刀子，这个人一下子疯了，一直在安第斯山里晃荡，口中念念有词。人们见到他，唯有叹息。

第五章　死是甜梦乡

她老了，生与死之间的界限也就越来越弱，所以，她最后是一面和死人讲着话，倾听他们的怨言、叹息和哭声，一面结束自己的生命。

——马尔克斯《番石榴飘香》

死像雨水一样降临

与推崇死亡的北美阿兹特克人相比，南美印第安人对死亡的态度明显平和很多，他们既不激烈地赞美它，也不表现出过度的悲切。在他们看来，死亡只是生活的一部分。在很多南美的神话中，掌管生和死的神祇往往是同一个，一手生，一手死，在世间这样循环着。

在遥远而寒冷的南方，火地岛的克瓦伊就是这样一个死生之神。在天地万物刚被创造出来时，太阳神势力强大，为了统治人间，白天要比黑夜长很多，黑夜只有一瞬间，一眨眼，又是太阳出来的白天，人们因为无法拥有可以和爱人亲密的私密时刻而感到烦躁。死生神克瓦伊决定改变这一状况。他和太阳神打了一架，作为胜利者，他将白天和黑夜对半分，夏天的时候白天长一些，冬天的时候黑夜多一些。

在火地岛生活的奥纳人认为，上古时代的人对生死是可以自由选择的，人老了以后，如果对老迈的皮囊感到厌倦了，就直接把自己交给梦，一觉醒来，就可重新获得一具青春的肉体，开始新的一生。要是在周而复始的更新身体循环中厌倦了，也可以选择彻底死亡，长眠不起。

在秘鲁首都利马附近生活的印第安人认为，死亡和复活是随意的事情，一件不合规矩的小事都会导致死亡随时降临，比如早上对邻居做了不礼貌的表情，晚上死神就会突然造访，带走这个人。人死掉以后，五天之内，魂魄还会回到身体里，便可以复活。有的时候不知为什么，有的魂魄会晚一两天回到身体，他的妻子如果发现了，就忍不住对着尸体唠叨抱怨，急了还会揍尸体两下，有的魂魄看到这一幕会很不高兴，掉头就走，永远不回来，尸体也就成了一具真正的空壳子。

某些亚马孙雨林部落里的人也认为复活是常事，不过现在行不通了。雨林人认为很早以前死亡是复活重生的前奏，所以大家兴高采烈地轮流赴死，今天你死，明天我死，大家还会按照这个顺序复活。萨满或者通灵者要负责上天堂和神明沟通复活的事情，然后向人间施法，死去的人就可以复活。一次，一个通灵者在天上喊："变了，变了。"但是他儿子在地上没有听清，跟着喊："完了，完了。"雨林人发现从此魔法在人间失灵了，人类再不能像蛇和蜥蜴一样重生。

死是随时发生的，所以印第安人认为死神是在人间游荡的，他们把死神和那些终日闲逛不做事的年轻人联系在一起。玻利维亚的奇帕亚人认为死神是个模样讨喜的年轻人，如果谁家篮子里的肉很快腐坏，大家会说：被贪嘴的死神吃了一口。

死神既然不可怕，那么就没有必要去畏惧他，印第安部落的老人都说，死亡不过是一段长长的旅行，在道路的尽头便是生。印第安传说中少有炼狱的描写，相反，人死后去的地方都不错。生活在加勒比海安的列斯群岛上的印第安人相信，死人不会留恋尘世，因为他们都快活地去了亡灵之家。

死生之神克瓦伊一手生，一手死，在世间循环

传说中的亡灵之家是个世外孤岛，距离人类生活的地方很遥远，遥远到活人无论如何都无法抵达；同时又很近，近到人一咽气，亡灵瞬间就能到达。在亡灵之家，昼夜和人间是相反的，亡灵在白天的时候不可以出来，直到黑夜像墨水一样泼下来的时候，亡灵才会像猴子一样爬出来，去吸食象征死亡的黑色番石榴的汁液。岛上还有蝙蝠和猫头鹰。蝙蝠和亡灵一样，白天躲在洞里，晚上出来吸食果汁。树上的猫头鹰也是死亡的象征，因为它们空洞的大眼睛宛如死人。死亡不是终结，也不是惩罚，它只是生活转换成另一种形态的中转站。亡灵之家是当地人生活的一个投影，安的列斯人生活在群岛上，亡灵之家也是四面环海的岛屿，只不过亡灵的世界更为随性自由，亡灵们吃番石榴，互相爱抚，随意做爱，在特殊的日子会举行庆典，跳起亡灵的舞蹈。这些亡灵也会耍把戏，变成一些别的什么生物回到人间去戏弄人，想要分辨它们也简单，它们不管变成什么动物或者人，都是没有肚脐的。

在亚马孙地区，死亡是一只看不见的鸟，叫盾切，为巫师的恶念所化。虽然没有人能看到它，每个将死之人都能感觉到它在风中盘旋，越来越近。

哥伦比亚的穆希卡人说，死亡值得尊重，因为它是被神创造出来的，是宇宙公正的体现。灵魂不停地轮回，要走没有尽头的路，要路过很多叫“出生”和“死亡”的驿站，来标记一段又一段的生命之旅。穆希卡人认为灵魂在肉体死后去了地心。死灵经过黄色的土和黑色的土，来到地下，地下有条河，河上有蜘蛛网编制的轻巧小舟等待着它们，它们乘着蛛网小舟抵达地心。那里有不止一个太阳，还有肥沃的耕地，不需要费力气就可以得到加倍的收成。人们都说，死后的世界比现在生活的这个更好，所以对死亡没有畏惧，甚至有一丝渴望。

印第安某些部落把死亡与食色联系在一起。为了帮助死去的亲人到达美好的世界，有的部落会采取极端的方式，将尸体吃掉，因为肉身是阻碍灵魂离开的障碍，当肉体不存，灵魂才真正得到自由。雨林中的雅诺马米人就是这样，他们认为吃掉亲人才是对亲人最大的爱。他们先是烧掉尸体，然后把骨灰用一种草药混合起来喝掉，在草药的作用下，他们可以看到死者的灵魂，并且和它们聊天说话。生活在秘鲁沿海的莫切人也不认为死亡是痛苦，他们经常把性爱和死亡相提并论。

尽管死亡不可怕，但是说再见的过程也是艰难的，斩断这一世的牵绊也是一场没有尽头的分离。在阿根廷生活的托巴人对死去的人的感情很复杂，尽管不舍，但是他们承认，人死后灵魂是丧失理智的，在冲动之下可能带走活着的亲人，所以平安地送走亡人很重要。托巴人的灵魂在心脏跳动停止时离开身体，但是灵魂一直要在生前的土地上徘徊整整三个月，看着自己被下葬。亲友在这段时间要避免谈论死者或者进行招魂，也不要为他哭泣，否则灵魂会恋恋不舍，认为亲友舍不得，所以自己理应继续留在人世。还有一种可能，那就是灵魂不想一个人去未知的地方，可能下手把活着的亲友带走一个。但是，即便如此，亲友也不能完全不表示出伤心，要不然，死者会怒火中烧，报复家人。亲友只能通过用炉灶里的炭灰为死者画像和家中女人剪去长发来表达悲伤，让死者和平地离开。

瓜拉尼人死后，亲人会将他生前用过的东西尽量捣毁，目的是为了让他不留恋世间种种。如果灵魂还恋着尘世，或者对什么东西念念不忘，那就会变成怨灵，危害人间。死亡不可怕，但是怨灵是很吓人的东西。南美很多部落都有将敌人斩首的习俗，头被砍下来，灵魂就泄了气，不能变成怨灵了，也不能投胎到母兽腹中成为复仇的动物。

传说末代印加王阿塔瓦尔帕被西班牙人杀死后，他的头颅被割下来，但他的头在没有身体的情况下依然活着，在地下慢慢长出一具新的躯体，待到长成，白人的末日就到了。印加王会重新出山，带领子民把西班牙人赶走，重建故国和宇宙的秩序。既然死亡不是终点，也就不用害怕了。直

安第斯山区的印第安农民依然保留着存放已故亲人头骨的习俗

到现在，安第斯山区的印第安农民依然保留着存放已故亲人头骨的习俗，他们认为死去的亲人已经成为神明，他们的灵魂住在家里可以保护家中财物不被盗。在干完一天的农活后，他们点着昏黄的蜡烛来到密室，和死去的亲人说话，把一天发生的事情告诉他们。很多人都声称可以听到亲人的头骨和自己对话，没有听见的人只是没有这个天赋。

安第斯人祭

印加帝国是个讲究天象和祭祀的国度。在西班牙人登岸前，印加帝国出现地震和彗星，闹得人心惶惶，印加王瓦伊纳召来大祭司，大祭司沉吟片刻，说道："我王，只怕那件事情，又要做起来了。"瓦伊纳点点头，他知道祭司指的是安第斯人祭——印加人独特的祭祀。瓦伊纳在不久前平息了一场叛乱，盛怒之下他命令士兵把叛乱部落的所有俘虏杀掉，尸体丢到山里的一个湖中，湖水被染得通红，周遭村民都叫它血湖。瓦伊纳猜想血湖触怒了不爱见血的太阳神，但是让神息怒的唯一方法就是更多地祭祀，但不要流血，于是祭司口中的安第斯人祭又要开始了。每当帝国遭遇天灾、战乱的时候，印加人总要牺牲一批人的性命去换取太阳神的重新垂怜。

怎样挑选祭品呢？印加人相信"无瑕之子"是献给太阳神最好的祭品。这种孩子年纪在5岁到10岁之间，浑身上下没有任何缺陷，皮肤光洁，一点伤疤、胎记甚至是痣都不能有，还要相貌端正，出身高贵。西班牙人曾在闯入印加帝国后武断地认为围绕在库斯科神庙周围的羊驼是印加人最珍视的祭品，其实不是，羊驼的心脏的确会在祭祀的时候被使用，但是纯洁无瑕的贵族幼童才是奉献给太阳神最好的祭品。

阿根廷北部的萨尔塔市被红彤彤的安第斯山所围绕，山顶是终年不化的积雪，在最高峰的山顶上曾经有一座坟墓，已经被开挖，挖掘出三具雪山冻尸，被视为阿根廷的国宝，存放在山下萨尔塔市的高山博物馆里。这

萨尔塔附近雪山顶上的冻尸

三具雪山冻尸是三个孩子的尸体，7 岁左右的男童和女童，还有一个 16 岁的女孩。他们的悲剧就是从印加王瓦伊纳和大祭司的商议开始的。大祭司向印加王建议开始大规模祭山活动，印加王同意了。于是，一支由祭司、武士和仆人组成的长长的队伍就从库斯科出发了，他们在沿途的部落里挑选有贵族血统的男童和女童作为“无瑕之子”。为了不影响继承，部落酋长们交出了自己的小儿子和小女儿供挑选。祭司挑选了很多这样的孩子，一路上将他们像肉鸽一样带着，按照测算的地点，每到一处高峰，就会在山顶埋下一对孩子和一个小仆人。

萨尔塔附近雪山顶上的三具冻尸就是这样来的。在死前，孩子们被灌下了烈酒，也服用了致幻的草药，然后连同金银珠宝一起被埋了下去，同时被埋的还有一些祭品，比如用织物和草绳做成的祭司人偶。

这三具冻尸在雪山顶上孤孤单单地待了几百年，因为温度极低，尸身不腐，被挖出来的时候还栩栩如生，头发编成的长长细细的辫子，好像还会随着转头而飞起来。据后来解剖，这些孩子的胆囊都非常小，现代科学解释说，这是恐惧所导致的，因为他们一路上看着同行的孩子不断被活埋。

按照印加宗教的说法，这些孩子在死的一瞬间永生了，进入了太阳神的国度，身边还有一个忠诚的仆人在服侍。他们的高贵血统将使躁动的安第斯山平静下来，印加帝国也可以永固疆土。但是很快，西班牙人便到来了，杀戮和重新统治开始，黑暗在正午时分到来，阴影将整个安第斯山笼罩。

陶罐棺

要不好好保存，要不彻底消灭，这是不少印第安部落对待尸体的两种极端态度。他们会吃掉死去的敌人的尸体，以此获得能量。在战场上，敌人如果是出了名的斗士，那么死后他的尸体一定会被吃得连骨头都不剩。斗士是有价值的，他活着的时候会不断积攒能量，死后这些能量都积攒在尸体里，吃掉便可以获得他生前的能量，是个快速提升战斗力的捷径。

死亡没有什么可怕的，它是结束伤痛的过程。瓜拉尼人同样相信灵魂不死，而死亡只是灵魂抛弃身体的过程。瓜拉尼人每家每户都有一种很大的陶罐，里面十分宽敞。这种大陶罐在瓜拉尼人的生活中十分有用，可以烘烤食物，发酵美酒，贮存东西，最终还能变成他们的棺木。老人死后，瓜拉尼男人要背起尸体上山，挂在悬崖边自然风干，他们在山下可以远远看到缩水的尸体一天比一天小，等尸体彻底风干了，将其取下来安置在大陶罐中。还有一种方式更为直接，把尸体放置在陶罐中，摆放成胚胎的样子，大陶罐的旁边还要摆上小碗，里面有粮食和水，让死人在灵魂还没离开尘世的头几天可以吃，因为瓜拉尼人认为刚死的人还有胃口吃东西。

在食物紧缺的部落里，行动不便的老人会被遗弃在森林中，只给很少的水和食物，他们被告知这样死去可以灵魂永生。过一段时间，亲人去森林里寻骨，他们把死者的头砍下来，埋在土里，把主要的骨头捡几根放在篮子里带回家，算是对老人的纪念。

印第安人喜欢拿陶罐当棺材，而且因为他们埋尸体很浅，所以在平原地区经常可以看到这些陶罐的碎片，都是被找随葬品的盗墓贼挖出来打碎的。这些陶土片当地人都不捡，嫌脏，但是有很多搞收藏的外国人去荒地里捡。当地人总是对游客说："这几年少了，前几年满地都是。"陶罐有长的，有圆的，以暗红的陶土色为主，上面绘有一些人像的图案。比较常见的图案是一个哭泣的妇人，泪珠夸张地大，这是因为在一些以窄口陶罐葬人的地区，怕死人僵硬不能塞进陶罐，就把未死的人先放进去，头留在外面，只待一断气，马上就把头按进去。很多未死的人在哭泣中被放进陶罐，他们自知已无生机，会把一辈子的伤心事都想起来，哭个不停。

瓜拉尼人用于埋葬的陶罐

哭女、奶水守护神和寡妇鬼

南美传说中也有不少鬼故事。哭女是南美印第安人中口口相传的著名女鬼。传说哭女杀害了自己的两个孩子，却又极度悔恨，她徒劳地寻找他们，越来越绝望，也越来越愤怒，哭个不停，凡是看到她或者听到她哭泣的人都感到害怕。

哭女是个穿着白色衣服的高个子女人，她的脸总是低垂着，所以看不到脸，她的脚也看不到，像个黑蒙蒙的影子，好似飘浮在空中。走夜路的人都很怕她，她会突然出现在半路，嘤嘤地哭着，她的哭声磨人耳朵，狗听了都会发疯。见到她是件不吉利的事，正常人会突然害病，而本来就生病的人病情会加重。如果被她断断续续的哭泣所迷惑，停下来询问她，她就马上做出楚楚可怜的样子，让对方放松警惕，但一旦对方靠近想安慰她，她马上会用冰一样凉的手臂结束对方的生命。民间传说在阿根廷科尔多瓦省的马克胡安雷斯城，在夜里经常可以听到哭女的哭声，有的人还录过音。

相传哭女生前是一个嫉妒心很重的女人，甚至连丈夫和两个儿子整天待在一起有说有笑都嫉妒，她自感受到冷落，便不想让孩子再挡在丈夫和自己之间。一天，她趁丈夫出门，将两个孩子扔到河里，眼看着他们淹死。丈夫回到家，问孩子去了哪里，她撒谎说不知道，但是第二天清晨丈夫看到孩子的尸体被冲上岸，愤怒的丈夫在极度痛苦之下杀死了她。杀子女人的灵魂也不为阴间所容，只得来回飘荡，寻找孩子的尸骨以赎罪孽。

意外死亡的女人通常被认为是有魔性的，在阿根廷，有个亡母哺婴的故事。有个女人住在山区，随夫姓科雷亚。她的丈夫身子弱，但被强征入伍，她十分担心，丈夫走了没多久，她就带着幼子寻夫。她一个人抱着孩子，走了长长的路，脚都磨破了，走夜路时疲倦的她不幸跌落山崖。她在死前牢牢抱紧了孩子，把他放在自己的胸口。当人们在崖下发现她的尸体的时

哭女是南美印第安人中口口相传的女鬼，她会突然出现在半路，嘤嘤地哭着

候，孩子还活着，依然在妈妈胸口吸奶。人们惊叹，奉她为女圣，为她修了纪念堂，很多人去她那里祈求丰收。她还成为一个奶水守护神，奶水不足的女人都去她那里求奶水。

阿根廷乡村还流传着寡妇鬼的故事。一个女人在得知自己丈夫不忠后羞愤而死，她和魔鬼签了契约，不上天堂不入地狱，专门在人间盯着男人有没有偷腥。她经常在傍晚出现，肉眼是看不到她的。生活在潘帕斯草原上的骑手们有经验，在回家的路上觉得马屁股突然一沉，就知道寡妇鬼坐了上来，要跟着他，看他有没有去情人那里过夜。她不伤人，也不用怕，如果嫌烦，向后面扔一块当地特产玫瑰石就可以驱走她。

活死人——印加木乃伊

印加文明是南美最发达的印第安文明，印加人有把死去的印加王和贵族制作成木乃伊的传统。印加人制作木乃伊可以溯源到安第斯山西麓的沿海地区干燥的伊洛沙漠，埋葬在这里的人可以形成天然的木乃伊。在 15 世纪，大肆扩张的印加帝国将伊洛沙漠木乃伊传统学了去，但是他们有自己的目的，那就是用死人来控制活人的意志。

印加王在死后会被精心制作成木乃伊，但是从精神上来说，它是活着的死人，有时候木乃伊的权力比活人更大。所以印加人没有把木乃伊封在棺木里，存于地下，而是和它们生活在一起，这种做法完全打破了生与死的界限。

拥有 80 个不同部族、将近 1000 万人口的印加帝国需要用威慑的手段去管理，有种办法就是让老百姓相信印加王死后依然活着，并且还拥有权力，因为他们身上有太阳神的血脉，所以得以永生。这种政治目的让印加木乃伊身份复杂起来，它们无法像埃及木乃伊那样安安静静地躺在自己的棺木里，它们要加入热闹的人间生活。死去的印加王首先被涂上来自雨林的香料使尸身不腐，脸上抹上黑色的焦油，眼睛的部位贴上金叶子，头发编成细细的辫子。每天早上都有侍从来为它梳理头发，戴上王冠，换上礼服，侍从动作必须轻柔。然后，侍者在印加王木乃伊面前摆上丰盛的食物。身旁的侍者要为它打扇子扇风，其实是为了避免虫子落在它身上。在席间，伶人要讲笑话助兴，显得一切都和生前一样。但是印加王的木乃伊身边还站了一个人，他就是传话官，木乃伊的喜怒哀乐和对各种事情的看法都要通过他来传达。有时，传话官会俯身靠近木乃伊，就像对方在对他说着什么，然后他要把听到的话大声说出来，没有人怀疑其中的真伪。比如，王要出行了，王答应和某人会面了。死去的印加王起居饮食都有专门的供奉，首都库斯科郊外有大片良田属于这些已经死去的王，还有他生前征服的部落也要缴纳岁贡，死去的印加王依然享受最好的财富。

虽然已经死去，但印加王木乃伊的应酬还很多，它们依然要参加晚宴、节日庆典和聚餐。虽然它们只会瞪着空洞的眼睛，不会动，但是印加人相信，适度的社交对它们有益。到了节日庆典，历代印加王的木乃伊都会被拿到广场供民众朝拜，木乃伊面容焦黑，沐浴在太阳的光芒之下，依然威严，权力并没有因为死去而消减，身边的臣子依然借助它发号施令，这也埋下了印加帝国不安定的种子。

为了死后拥有更好更多的财富，相信自己死后犹生的印加王四处征战，他们在北上攻打雨林部族的时候就采用了死人控制活人的印加政治学。雨林湿润，尸体不可能风干保存为木乃伊，当地的印第安人在印加人到来之前是将尸骨放在悬崖的洞穴中，在湿热的空气中尸体很快腐烂成白骨，雨林人会捡回骨头放在陶罐里。这些骨头是圣骨，具有亡灵的力量。印加人正是在久攻雨林部落不下的时候，盯上了这些骨头，他们设法盗取了这些圣骨，然后摧毁了它们。在这样的挫骨扬灰后，雨林人失去了先人的庇佑，军心大乱，败下阵来，印加人趁机派出了自己的贵族去统治那里，并且带去了木乃伊文化，来显示印加文明的优越性。于是，雨林的贵族阶层也开始流行木乃伊。他们的木乃伊是装在大包袱里的，被香料涂抹过的尸体要浑身赤裸，装在蒲团一样的泥盘中，盘中放上随葬品，然后用一块很大的织物将泥盘和尸体包裹起来，尽量隔绝空气。哥伦比亚出土了很多这种大包袱一样的木乃伊。随葬品中有死者生前使用的箭囊、金冠和一些食物。如果是阶层比较高的贵族，他的女人和仆人也要殉葬，在杀死他们前会先把他们灌醉，让他们死前不那么痛苦。木乃伊风干后，会被放置在山洞里，戴上黄金面具，以祖母绿宝石做成眼睛、鼻子、嘴巴。除了贵族，部族的斗士也有资格被制作成木乃伊，生前享有勇猛之名的斗士的木乃伊还会被带上战场压阵，去威慑敌人。只要肉身不灭，他们的勇气就能传递给生者。

木乃伊是死者依然活着的证据，而木乃伊被摧毁意味着彻底死亡，印加人把这个信仰传递到帝国的每一个角落。木乃伊和圣地华卡一样，成为印加人信仰的支柱。华卡是安第斯各部落的圣地。印加人认为，毁灭一切的大洪水过后，从安第斯山走出了印加各个部落的始祖夫妇，在主神维拉科查的帮助下选定了自己的繁衍之地，也就是日后部族的起源地。这些地点五花八门：山顶，湖边，山洞，一棵树，或者闪电跌落的地方……始祖夫妇想在哪里繁衍，就选在哪里，而这些地方就会修建祭坛——称作华卡，作为部族的象征。所以印加帝国的士兵出征时身上会有自己部落的标志，比如闪电、山鹰、彩虹、山石，象征自己出身的部落的华卡。华卡是生的荣誉，木乃伊是死的荣誉，所以归顺印加的部族都要将历代首领的木乃伊带入号称“世界的肚脐”的都城库斯科，这是一种至高的荣耀。这些木乃伊也可以互相拜访，一起庆祝节日，象征部族的友好。但是一旦部族反叛，印加王会下令用最残酷的方式对待他们——摧毁他们的华卡和首领的木乃伊，这是彻底将一个部族解体的手法。

由于历代印加王的木乃伊依然占有权力，身边的权臣借助木乃伊之口传递指令，对现任的印加王是很大的威胁，所以十二世印加王瓦伊纳下令将先前印加王的木乃伊全部下葬在太阳神庙，将权力都收回到自己手中，但是激起的反抗声浪让印加帝国内部分裂，元气大伤，导致了日后的内乱。

在安第斯山社会，人们认为自己属于家族，血统十分重要，每个印加王都代表了一个权力家族，他的妻子儿女、仆人和臣子都在他被制成木乃伊之后继续围绕在他周围，为他讲笑话，驱赶蚊蝇。死去的印加王被视为不死之人，继续居住在生前的宫殿，他的全部财产也保留，田地缴纳的贡品也依旧，导致新的印加王要不断征战，以获得新的领地来供养自己。连殖民者皮萨罗在看到印加帝国多年来被木乃伊折磨的奇怪的政治生态时都说，库斯科大部分的财富、人以及恶习都在死人的控制之下。

瓦伊纳为了获得新的领土，继续和前任印加王一样征战。他北上攻打了现在的厄瓜多尔的一些部落，但是那里的人不属于安第斯山文化体系，对印加人那一套十分抗拒。瓦伊纳亲征的时候还差点被当地土人从轿子里揪出来，但是在血战征服了这片土地后他发现自己十分喜欢这里的炎热潮湿的气候，一待就是好多年。瓦伊纳穿着松软的吸血蝙蝠的毛做的衣服，喝着果子酒，日子过得很快活，但是他后来不幸染上了瘟疫。这场瘟疫被认为很有可能是当时已经在加勒比一带活动的欧洲人带来的，无药可医的瘟疫要了印加王瓦伊纳的命，而他在生病后指定的继承人很快和他得了一样的病，甚至比他死得还早，于是瓦伊纳又指定了一个叫瓦斯卡尔的儿子即位，祭司们经过占卜，发现这个王子未来十分不走运，当他们想汇报给瓦伊纳的时候，他已经咽气了。

瓦伊纳被做成了木乃伊，裹上了华丽的袍子，坐着金轿子，被抬回了库斯科，他和基多部落公主所生的儿子阿塔瓦尔帕留在基多没有回去。在运送木乃伊的路上，四名顾命大臣对占卜的结果忧心忡忡，他们甚至商量如何废掉霉运王子瓦斯卡尔。

已故印加王的木乃伊依然会被抬出来巡游

突然成了印加帝国继承人的瓦斯卡尔对兄弟阿塔瓦尔帕没有在随行队伍里以及大部分的印加军队依然驻守在基多感到不安，他嗅到了阴谋的味道。在为父亲的木乃伊举行了盛大的葬礼之后，他逐一召见了顾命大臣，各个击破，杀死了他们。瓦斯卡尔认为自己的即位是理所应当的，因为没有任何一个王子有比他更为纯正的印加皇族血统，因为他的母亲是父亲的亲妹妹。但是当年他的父母的结合涉及乱伦，所以没有举办婚礼。为了让自己的即位更加合理合法，瓦斯卡尔为母亲和父亲的木乃伊补办了婚礼。

阿塔瓦尔帕没有让哥哥好过，亲自率领军队来夺皇位，他俩在安第斯山地区展开了反复的拉锯战，血流成河。最终阿塔瓦尔帕取得了胜利。为了巩固成果，阿塔瓦尔帕还处死了父亲生前诸多私生子，连同这些私生子一起被杀的有 300 多人。他手下的将军吉斯基斯还杀掉了和瓦斯卡尔有血缘关系的很多人，包括女人和孩子，以此彻底铲除瓦斯卡尔身后的势力，而且这位来自厄瓜多尔的将军没忍住，泄了个私愤，把当年征服基多的印加王尤潘基的木乃伊从太阳神庙里拿出来烧了。新印加王阿塔瓦尔帕虽未在库斯科生活过，却对印加木乃伊代表的意义十分清楚，为了终结“死人控制活人”，他把敌对集团的贵族木乃伊付之一炬，当时人们称之为“把木乃伊活活烧死”。木乃伊不存在了，依附他的政治势力集团也就瓦解了。这场内战让印加帝国元气大伤，西班牙人赶上了这个机会，成为印加帝国的终结者，他们也是印加木乃伊的终结者。

入侵的西班牙人发现木乃伊控制着贵族和老百姓的头脑，这些死人简直就是神一般的存在，于是毫不犹豫地把历代印加王的木乃伊捣毁了。他们对自己的暴行满意极了，烧掉几具古代的尸体，就能让印加人如同失去魂魄一般，从此失去了心理优势，沦为奴役对象。西班牙人和当年扩张的印加人一样，用死制服了生。他们把另一个死去又复活的男人带给了印加人，让他们相信重新有了沟通生死的神明，那个男人就是耶稣。

不少印加人依然相信木乃伊，在西班牙人征服多年后，库斯科出现了一个神秘的小木乃伊——言梦童。在库斯科，很多印第安人都拜言梦童，它是一个 50 厘米的婴儿木乃伊，但是却有牙齿，还有长长的头发，它的侍者每天要为它梳理头发，清洁面部，换上鲜艳的衣服面对信众。从外表上看，言梦童周身用精美鲜艳的丝绸布料包裹着，空眼窝上放着两块蓝色的水晶，尽管已经干枯宛如骷髅，依然可以看出生前有着极为精巧的五官分布。当地天主教的神父对言梦童不以为然，认为它是魔鬼一类的异端，他们宣称，言梦童根本不是人，不过是用猴子做成的木乃伊，是个骗钱的把戏。但是印加人坚信，言梦童是一位歹毒的西班牙总督和仁慈的印加公主所生的儿子，所以他的血一半是善良的，一半是邪恶的。言梦童曾在库斯科大教堂附近的一所庙宇中被供奉，它的周围有鲜花、食物、银币，还有血淋淋的美洲驼肉。印加人供奉它，求它显灵，因为善恶兼备的言梦童可以让重病者回春，让敌人死去。当奉上供品后，人们就回家睡觉，在梦中，言梦童会告诉他们该怎样做。

1975 年，库斯科地区的主教路易斯・瓦耶霍斯禁止对言梦童的祭拜，他说："这不过是魔鬼的一个化身。"怕天主教的人毁坏言梦童，印加人连夜将它送到迷失之城马丘比丘附近藏起来。1982 年，路易斯・瓦耶霍斯遭遇车祸身亡，当地人都说是言梦童显灵，又极为郑重地将它迎回了库斯科，这一下，连当地白人都开始相信言梦童。

在安第斯山区偏僻的村子里，印加山民们还保留着和木乃伊一起生活的习惯。在村落小屋的门口设有神龛，打开便是某位祖先的木乃伊，木乃伊因为失去水分而缩得很小。家人进出都要和它打招呼，呼唤它生前的名字，每天要为它更换食物，如果下雨，要把它抱回屋里避雨，没有人害怕它干瘪的脸和干枯的手指，因为木乃伊也是家人，不管生前还是死后。山民会对木乃伊说所有的话，生活的艰辛，情路的不顺，或者让人高兴的琐

在库斯科，很多印第安人都拜言梦童，它是一个 50 厘米的婴儿木乃伊，长着牙齿，还有长长的头发

碎小事。邻居也会很自然地探望木乃伊。活人和死人一起生活，死人之间互相探望，这在迷雾深锁的安第斯山是常见的事情。

第六章 没有男人的女人们

世界上最美丽的女性并不一定就是最吸引人的女性。

——马尔克斯《番石榴飘香》

男人住地上 女人住天上

亚马孙雨林里有这样的传说：创世之初，男人生活在地上，过着野兽一样蒙昧的生活，抬起头，看到的不过是令人窒息的绿油油的树冠。有一天，男人看到女人顺着长长的藤蔓从天上下来寻找食物，他们砍断了藤蔓，让她们无法再回去，于是女人只好嫁给男人，人类才得以繁衍。

雨林部落还有个更为具体的故事，说的是过去地上只有男人，他们在土里刨食，日子过得很艰难，但是存放在家里的食物总是丢失，于是他们派一只伶俐的鹦鹉看家。等男人们都出门打猎捕鱼了，鹦鹉看到一群大胸女人活泼泼地顺着绳索从天上下来。女人也发现了鹦鹉。狡猾的女人靠近鹦鹉，装出天真没心机的样子问鹦鹉有没有妻子，说她们中间可以选出来一个给鹦鹉做妻子。鹦鹉有些激动。女人又说看看鹦鹉的舌头就知道它几岁了，可以找个和它年纪差不多的女人。于是鹦鹉喜滋滋地张开了嘴。女人把一块燃烧的热炭丢了进去，烧坏了鹦鹉的舌头，这样它就无法向男人呼救了。女人又成功地偷走了食物。第二天，男人换了一只云雀来看守食物。云雀比较精明，没有听信女人的花言巧语，而且还在女人爬了一半的时候啄断了绳子。女人们从半空掉了下来，摔到了软软的泥里，都陷进去了。男人们闻声赶来，从泥里把女人挖出来，带回家做老婆。有的男人挖到了两三个，有的男人挖到一个，于是有的男人就有两三个老婆，而有的男人只有一个。

巴西雨林生活的梅纳库人也是说男人和女人一开始的时候没有生活在一起，而是分别住在不同的村庄。女人聪明，懂生活，所以她们有漂亮的房子，戴着五颜六色的羽毛做成的头冠，身上还有弯曲迷人的花朵体绘；而男人们却生活在蛮荒的地方，衣不蔽体，连避雨的房子都没有。女人们有一支魔笛，可以吹奏出极美的音色，比 100 只鸟唱歌还好听，所以女人可以聚在一起快乐地跟着音乐唱歌跳舞。而男人们听到笛声和女人们的欢笑声很不高兴，觉得自己的悲惨生活是魔笛造成的，于是他们做了一个声音粗粝的牛笛来对抗女人的魔笛。牛笛的声音激发出了男人的粗蛮，他们吹着牛笛闯进了女人的村落。女人吓坏了，还没来得及抵抗就被男人制服了，她们所有的好东西也归了男人，包括她们自己。男人神气活现地宣称，女人不许再演奏魔笛，魔笛只归男人所有。从那时起，女人开始听命于男人。女人的地位也越来越低，梅纳库部落有个习俗，女人的月事被认为是十分不洁的，影响农作物收成，亵渎家中的神灵，所以女人在月事的时候要搬出家，去村里的空屋子住到月事结束。但从另一个角度看，这些女人也可以在这个时间休息一下，不用干农活，对她们来说也是一种保护。

南美灌木平原生活的查马科科人的传说中，查马科科的男人为了让女人服从自己，在宗教仪式上以面具遮脸，假扮神明。这是男人之间的秘密。直到有一天，一个小男孩告诉了自己的母亲，其实面具下不是神，是男人。

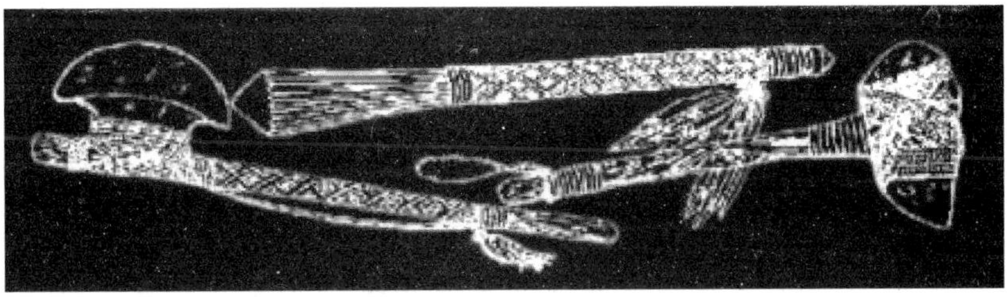

梅纳库人的魔笛和牛笛

这个母亲告诉了其他女人。男人看到事情败露，决定杀死所有的女人。只有一个女人变成小鹿逃脱了。在杀死所有的女人之后，男人感到后悔，因为没有女人干农活了。当他们发现世界上还有最后一个女人的时候，感到非常高兴。他们把她赶到小树林，开始兴奋地攻击她，但是他们力气太大，把女人撕成了碎片。于是懊悔的男人每人拿了一片碎肉回家，种在地里，如果碎肉是肚子上的，就长出胖胖的女人，如果是手指头上的，就长出了瘦长的女人。

印第安很多部落的文化中，男女的关系是混乱的、粗暴的、难以理解的。在伦瓜族的风俗中，女孩要经过某种仪式才能成为女人，成为女人之前她们必须要见识到男性是多么暴躁的一种生物。在女孩们的成人礼上，年轻的男孩戴着面具，头上插着羽毛，拿着打击乐器，朝着女孩子们狂野地喊叫着，据说这象征神的毁灭力量；而就在女孩们胆战心惊之时，仪式中会出现成年女性——代表宁静的力量，将男孩子们赶走，保护女孩。

但女人并非是完全被动的，在一些部落庆典上，印第安男人女人会在一起饮酒交欢。在满月夜到来之前，会酿酒的女人提前将果酒准备好，她们事实上掌控狂欢的钥匙，在月光白晃晃闪得人眼发花的夜晚，她们跳到男人身上，把酒从他们头顶浇下去，强行灌入他们的嘴巴。男人则抱着女人进入室内，在那里他们有一场类似枕头大战的游戏，互相投掷土块和树叶，然后喝酒，交欢，抱在一起昏昏睡去。

印第安男人觉得女人很神秘，所以有个传说，讲的是美丽的坏女人住在天上，她们是星星仙女。据说巴西有个部落的一个小伙子抬头看天，被一颗星星迷住了，他想："如果可以得到这颗星星该多好，这么漂亮，我可以随身带着它，每天都能看到它。"一天，他梦到了那颗星星，像美丽的眼睛一样。等他睁眼，看到一个明眸姑娘站在床头。姑娘说，自己就是那颗星星，她愿意跟着小伙子，哪怕白天被装进葫芦里也愿意。小伙子白天就用葫芦装着这个星星姑娘，他经常打开盖子往里看，每次都能看到姑娘大大的眼睛真如星辰般耀眼。到了晚上，姑娘就从葫芦里现身，出来陪小伙子过夜，小伙子怎么也看不够她的美貌。一天夜里，姑娘怂恿小伙子爬上一棵高高的树，顺着树，小伙子到了姑娘口中说的天堂。小伙子没想到还有这种奇遇，又惊又喜。他们来到天堂中间一块空地，姑娘说待会儿有其他仙女来跳舞，她先去拿点吃的，让小伙子原地等待。小伙子一个人等得很无聊，忽然听到乐声，他循声而去，不看则已，一看魂都吓掉了。只见一群没有完全腐烂干净的骷髅在跳舞，烂肉摇摇欲坠，随着摆动，一块一块掉在地上。小伙子吓得拔腿就跑。星星仙女发现小伙子跑了，在后面紧追，一边追一边用柔美的声音叫他不要怕，快点回来。小伙子头也不回，一直跑到来时的树旁，顺着树下来。等他赶回人间的时候，还能听到星星仙女越来越焦急的呼唤。他一直跑回村里，邻居问他为什么这样害怕，他指着自己的鼻子，一句话也说不出来，倒在地上就死了。

还有个传说，说的是一个年轻的农夫去天上寻找自己妻子的故事。从前，有一对老夫妇，他们有个儿子，一家三口以种土豆为生。他们家的土豆长得特别好。但是不知从什么时候开始，每到晚上，他们的土豆都会被神秘人偷走。老夫妇责令儿子晚上不要睡，一定要把贼抓住。第一天晚上，小伙子一直睁着眼，在天快亮的时候稍微合了一下眼，土豆就被偷了。第二天，又是如此，小伙子恨得咬牙切齿，心想："这是什么贼，怎么手这么快！"第三天，他眼睛连眨都不眨一下，就等着抓贼。忽然从夜空中降下几个仙女，又灵巧又漂亮。小伙子看呆了，没想到贼是这么美丽的仙女，他忽然心念一动，想抓住一个当老婆，于是他猛冲过去，生生抱住了距离他最近的仙女。仙女吓坏了，被他抱住，动弹不了，只得给他当了老婆。小伙子发现仙女的衣服闪闪发亮，不知是什么宝物，就把仙女的衣服剥下来，给她换上农妇的衣衫，自己把衣服收起来。偷土豆的仙女和小伙子开始过日子，侍奉公婆，生活过得倒也平静。仙女怀孕了，生下了一个死婴。她神思郁结，一天趁小伙子下地干活，偷回了宝衣，穿上，飞回了天上。

妻子离开后，小伙子十分想念她。一天，他悲伤地四处游荡，在高山上遇到一只神鹰，神鹰愿意帮助他上天找妻子，但是他得带上两只大羊驼让它路上吃。小伙子答应了，如约带去了两只大羊驼。神鹰先是吃了一只羊驼，吃得一点皮肉都不剩，然后它让小伙子带着剩下的羊驼，爬到自己背上去。在飞之前，神鹰对小伙子说："我要吃肉的时候，你就马上割一块给我，否则，不管我飞到了哪里，都会把你扔下去。"小伙子答应了，一路上喂食神鹰。但是快到天上的时候，羊驼的肉吃完了，小伙子咬牙割下了自己腿上的肉给神鹰，让它一直飞到了仙女住的地方。小伙子遇到了妻子，妻子看到他，没有什么高兴的样子，原来天上的食物也很紧缺，所以仙女们才要到人间去偷土豆。仙女把小伙子藏在天上的一所小房子里，白天给他送食物，晚上和他过日子，就这样过了一年。不知为什么，小伙子在一年的时间里老得特别快，来的时候还是年轻人，只过了一年就两鬓斑白。一天，仙女突然对他说："你该走了。"说完头都不回地离开了。知道自己再次被抛弃，小伙子哭了，他回到了神鹰身边。神鹰也老了，羽毛都白了。神鹰说，他俩应该去神湖里洗个澡。果然，洗完之后，神鹰和小伙子都变回了年轻的样子，神采奕奕。小伙子从天上抓了两只羊驼，放在神鹰背上，乘着神鹰回家了。小伙子回到人间后没有再娶妻，父母也没有说什么，仙女们也没有再来偷土豆。

没有男人的女人们

1. 亚马孙女战士

希腊神话中有女战神亚马孙的故事，所以当西班牙人在南美听说在丛林深处有女战士部落的时候，便认为她们是女战神亚马孙的后代。

亚马孙女战士第一次被欧洲人提起是在1493年，哥伦布的第一次航海日记中写道："茫茫海中有一孤岛，里面全是女人，没有一个男人，每年男人们乘小舟到岛上和女人们交媾，如诞下男婴，由男人带回岸上，如是女婴便留在岛上。"哥伦布说的这个女人岛从未被发现过，但是探险家们发现了另外的女人部落。他们声称在雨林里遭受了女战士的攻击，这些女人身材高挑，皮肤白皙，长发编成辫子盘在头顶，壮实得如同小伙子，全身赤裸，唯有私处用一块皮子遮住，她们的眼睛里满是警惕，而且她们还毫不留情地射死了一名船员。这十几个女人宛如希腊神话中的亚马孙女战士，所以这条大河被命名为亚马孙河。

在16世纪后期，德国人乌尔里克·施梅德尔从如今的巴拉圭首都亚松森出发向北航行，寻找传说中的亚马孙国，他听信了印第安人讲述的故事，认为黄金国和亚马孙女战士的国度是一回事。有印第安人说，盛产黄金的国度就是亚马孙女战士的家园，这些强悍的女人每年只允许男人进入三到四次，可怜的男人们在进去的时候还是年轻的模样，出来的时候则脸色晦暗白发丛生。亚马孙女人受孕后，如果生的是男孩便送出去和父亲一起生活，若是女孩就留在身边抚养长大，而且女战士会把孩子的右胸烧掉，避免影响将来弯弓射箭，因为她们注定是女战士，终其一生要战斗。当女孩稍微大一点，就由妈妈姨妈教她射箭打仗，在丛林中如猿猴般灵巧。英国航海家威勒·罗利也说在奥利诺科河和亚马孙河流域有不少女性部落，这些部落的女人在每年4月的时候和男人相会一次。女性部落的女酋长让附近部落的男性酋长聚集在一起，自己从中挑选男人，等女酋长挑选完了，她们的侍女再用抓阄的方式从剩下的男人中挑选自己的伴侣。她们和男人一起饮酒、唱歌、跳舞，度过狂乱但美好的一个月。过完这一个月，再各自回到领地。如果有人敢侵犯女战士的领地，被俘后会被毫不留情地杀死，不管是否有过肌肤之亲。也有人说，入侵亚马孙女战士部落的人也是为了

亚马孙女战士终其一生都要战斗

得到她们的藏金，因为她们在部落里存放着很多金板和绿宝石。

关于这些没有男人的女人是怎么来的，有很多传说，其中一个河岸部落的传说讲得很有意思。传说有个村子，一条黑色的大河从村旁缓缓流过。女人们在一个闷热的天气结伴去河里洗澡，有一只黑色的大鳄鱼游了过来。女人们开始很害怕，但是她们发现这只鳄鱼很温顺，也没有伤害她们的意思，于是她们一个一个躺下来，和鳄鱼做爱。第二天，女人们又回到原地，给了鳄鱼一些肉饼，继续和鳄鱼做爱。有一天男人发现了这件事。鳄鱼睡了村里女人这件事让男人们很恼怒，他们决定杀了它。一个男人用假嗓学女人的声音骗鳄鱼出来，鳄鱼一露出水面，就被男人用木棒迎头痛击，就这样杀死了它。男人把鳄鱼拖出水，割了它的肉，还生了火烤着吃。女人们不知道发生了什么，依然带了肉饼到河边呼唤自己的鳄鱼情人，但是鳄鱼没有出现。一个女人发现了岸边的烧烤痕迹和残余的鳄鱼肉，她们一下子明白发生了什么。痛失情人的女人们挥舞着木棒向村里的男人冲去，见一个杀一个。很快，村子里没有男人了，女人便结伴到山里，与周围村落的人也渐渐疏远，逐渐形成了一个独立的女人部落。她们不和男人结婚，只是为了生育才和强壮的男人发生关系，如果生了男婴就杀死，女婴就留在部落抚养。

也有学者提出大胆的假设，这类孤离的女性部落很有可能是印第安女同性恋者组成的，她们憎恶男人和曾经伤害过她们的外部世界，所以创造了属于自己的部落和独特的社会环境。

2. 恶女的故事

除了女战士，女人在南美传说中的形象很多都是凶残而孤单的。在巴西民间经常会提到一位“饥饿的老妇人”，她会骗小孩跳到她的锅里去，把他们煮着吃掉。在哥伦比亚，据说有一种美貌怪异的女魔，从外表看是个美女，长头发，深眼窝，身材高挑。她总是咧着一张大嘴，看起来是在发笑，但是这种几乎固定在脸上的表情让她显得有些可怖。她的特点是牙特别大，可以和牛马的槽牙相比。她习惯在黄昏出没，站在乡间小路上诱惑过往的男子。她会咧着嘴和男人调笑，在男人不知所措的时候趁机抱住他们。她的腋下也长满了牙齿，可以咬住男人，把他们的肩膀咬碎，最终吃掉他们。

智利南部大海上的奇洛耶群岛上也流传着“恶女”的传说。恶女是个四五十岁的女人，年轻的时候很漂亮，家境也好，但是她不节制地挥霍钱财，染上各种恶习，相由心生，她渐渐地成了一个容貌丑陋的女人。只要看到她的人，都会唤起心中的恶念，去做坏事，所以人们称她为恶女。正常的人类男子不愿意和恶女在一起，但是恶会吸引恶，恶女最终嫁给了森林里专干坏事的毒矮人。毒矮人是森林里矮小的恶魔，样貌十分丑陋。据见过他的人说，他只有 80 厘米高，四肢不全，但他的法术可以控制森林里的参天大树，他随便在树干上拍三下就可以让树倒下。人们清晨来到森林，有时会看到不少大树一夜之间无故倒下，便说是毒矮人又施法术了。最令人厌恶的是毒矮人性淫，会以幻术迷惑进入森林的妇女，迷奸她们，完事后就把赤条条的女人扔在路边。他和恶女发生关系后，恶女生下了法力高强、邪恶加倍的矮恶女。她比父亲还矮，有一头乱七八糟的黑发，五官扭曲。她的四肢和父亲一样幼细，但是可以用法术变长，去抓远处的东西。她用森林里肮脏的东西来炮制瘟疫，祸乱村落。她是村民的公敌，他们想方设法抓捕她，但是每次都被她逃掉，也有迷信的村民说瘟疫的解药就是矮恶女的指甲。

3. 水仙女

巴西传说中的水仙女名字很美，模样也美，但却是一种极为可怕的仙女。她生活在水中，和水鬼类似。每当清晨的薄雾升起，她便把头浮出水面，开始唱歌，长发随着水波荡来荡去。她的歌声摄人心魄，路人被歌声所惑，

矮恶女有一头乱七八糟的黑发，她用森林里肮脏的东西来炮制瘟疫，祸乱村落

不知不觉走入水中。看着猎物上钩后，水仙女会嫣然一笑，用细细长长的手臂将他们拖到水底。她吃的不是人肉，而是人的神智，所以被水仙女抓住的人过几天会出现在岸上，但是已经是一具没有意识的躯壳了。所以当地人不敢在夜里过河，生怕陷入这种生不如死的境地。当太阳出来，水仙女就沉入水中，她畏惧阳光。

说起水仙女的来历，也是个悲惨的故事。她生前完全是另一种样子的女人，相貌并不美丽娇艳，也没有细长苍白的手臂。她是部落里最好的女战士，身子结实，可以和男人比力气，在历次战斗中都是引人注目的英雄。每次获胜，她都在部落里大摇大摆地炫耀自己的战功。她赢得了部落里大多数人的喜爱，但是她的几个亲兄弟却对她的勇猛十分嫉妒。有一天，他们下了狠心，趁她睡着了，用一张不透气的毯子死死蒙住她的脑袋，想闷死她。但是她醒来后奋起反抗，一把掀起蒙在脑袋上的毯子。看到凶手的模样，她呆住了，没想到是亲兄弟要取自己的性命。女孩大吼一声，拿起了武器，失控的她如临战场，把这些兄弟一股脑全杀死了。面对亲人的死和背叛的痛苦，女孩难以自持，她像野兽一样呼号着，跑到了森林里。

但这并不是故事的结束。等族人找到她的时候，出于对她的力量和复仇信念的恐惧，他们依然决定扑杀她。他们杀死了这个战功累累的女孩，抛尸河里。河里黑色的长着细细牙齿的鱼儿很快把她的尸体吃个精光，只余一具白骨。她死在一个满月的夜里。满月具有神奇的力量，水中的骨骼在怨念中长出了新的皮肉，她复生了。和她生前孔武有力的样子不同，她变得冰肌玉骨，美丽动人，看到她的人都认为是水中圣洁的仙女；但是她的心完全冷透了，对人类一丝感情也没有，只想杀人。

4. 独腿山女

南美中部好几个国家到现在都流传着独腿山女的传说。独腿山女是个死后化作厉鬼的女人，但是并不可怕。白天，村民进山砍柴，即使碰到独

太阳下山、月亮升起的黄昏，穿着碧绿衣服的独腿山女会坐在树梢上唱歌

腿山女，也不会大惊小怪，仿佛她一直就长在林子里似的。独腿山女生前和人通奸，丈夫发现奸情后一怒之下杀死了奸夫，又把她的一条腿砍了下来，她拼命跑，想逃命，终因失血过多而死。她在死前一边跑一边哀号，声音一会儿远，一会儿近，村民都在家里听到了，但是大家都觉得她不光彩，所以不去救她。女人死后成了鬼，样子也变了，她的眼睛因为死前的惊恐而变大，嘴巴也因为死前呼号而张得很大。她成了猎人的保护神，据说她可以保护猎人不被野兽攻击。除了猎人，她对矿工和守林人也不错。有时候她会恶作剧，把他们弄迷路，或者偷他们的斧子，因为闪闪发亮的斧子会让她想起胳膊被砍断那一瞬间的痛苦，所以男人们进山丢了斧子，回家都会说是被独腿山女拿走了。太阳下山、月亮升起的黄昏，从森林里回家的男人可以看到穿着碧绿衣服的独腿山女坐在树梢上唱歌，看到月亮越升越高，她就欢喜得和小孩子一样。她生前长得美，所以成了鬼也很注重打扮，她用绿色的大叶子做成蔽体的裙子，还戴着一顶圆形叶子做成的帽子，不想让别人看的时候，就低下头，把脸埋在帽子里。因为生得有风情，她也忍不住要撩拨过路的男人，但是男人要是动了心，她又会很讨厌他。觊觎她的美色的流浪汉说着胡话想要上树找她，就会发现脚像长在地上一样动不了，或者直接晕倒，醒来的时候发现自己被捆在树上。

独腿山女不是厉鬼，但也有特殊的时候。没有月亮的夜晚，她就无法化成人形，成了眼睛闪着火焰的幻兽，长着老虎一样的獠牙，能把最硬的骨头都咬碎。这时候，如果有人走在密林里，会听到女人呼救，如果循声而去，就会成为她的猎物。她会用獠牙一下子结束此人的性命，用他的鲜血来安慰自己。当阴天的时候，到了傍晚也看不到月亮，她就变成黄色的蝴蝶在孩子面前飞来飞去，诱惑孩子进入森林，好吸他们的血。她在杀害一个生灵的时候就会高歌："我是独腿山女，森林便是我闺房，我上山下河，飞入云端，美人鱼和我比也不过是条潜水的傻鱼。"

5. 蛇女

在印第安的传说中，蛇女的故事起源较晚，是在西班牙人到来后才有的。蛇女的故事体现了女人之间的互相帮助，风格充满了现代色彩。相传，库斯科郊区有个单身的印第安女人，没有丈夫，更没有孩子，她一个人住，生活很平静。有一天，她在花园里看到一条蛇，吓得跳起来，向后退了几步。但是蛇没有攻击她，只是用水汽蒙蒙的眼睛看着她，十分专注。女人觉得很奇怪，心想："真是条奇怪的蛇。"不一会儿，蛇游动走了，她还松了一口气。但是第二天，她发现自己肚子大了起来，好像是有了身孕。整整一天，女人不敢出门，晚上很晚不能入睡，不知自己是中了什么邪。她口中喃喃自语，祈求主神维拉科查的保佑。在呼唤过维拉科查的名字后，女人安心了一些，迷迷糊糊睡着了。但一睡着，她马上跌入到了梦境，这个梦很真实，在梦里，花园里的蛇嘶嘶地对她讲："你肚子里的孩子是我的。"女人一下子就醒了。只过了几个月，女人就诞下了一对双胞胎女婴，但是她惊骇地发现，两个孩子中一个是人，另一个是蛇。可怜的女人非常伤心，自己果然还是诞下了怪胎。双胞胎里，女人不爱蛇形的女儿，终日抱着人形的女儿，把蛇女丢在一边，于是蛇女像蛇那样嘟嘟囔囔说："我没法像姐姐一样在人的屋子里长大，把我丢到花园里吧，就在你第一次碰到蛇的地方。"毕竟是自己生下的女儿，女人听了，有点难过，但还是答应了蛇女的请求。第二天清晨，女人把蛇女放在花园里，怕她饿，还给了她一些玉米，蛇女没有吃，很快就爬走了。

女人把人形女儿养大，女儿长得很漂亮，心气高，她长大后很多库斯科的印第安小伙子向她求爱，她都无动于衷。但是一个来自异乡的白人对她表达爱慕的时候，她却毫不犹豫地答应了。有人劝姑娘在见过对方父母和家庭后再做决定，但是被爱情冲昏头脑的姑娘根本不理会这种良言相劝。婚后不久，丈夫要回家乡去看望父母，他说："我得告诉二老咱俩结婚了，然后我回来接你，咱们再一起回我家，我不能让你一个人独自上路。”

看丈夫这样为自己考虑，姑娘很高兴，目送丈夫出了门，直到他的身影消失在地平线。正准备回家，她忽然听到一阵嘶嘶的声音，脚有点痒，低头一看，一条漂亮的蛇正舔着她的赤足。她吓了一跳，还没来得及叫出声。蛇就说：“你的丈夫会带着一匹良驹回来，但是你别骑马，你要骑头小驴，当你想骑驴的时候，你会看到一头套好的驴。然后，你身上要带着棉线、梳子、皂荚、羊毛和剪子。千万不要把这些告诉你丈夫。”姑娘还不知道面前的蛇就是自己的妹妹，但是她对这条会说话的蛇很信任。几天后，丈夫回来了，果然带了匹精神的马，说是专门为她准备的，骑好马旅途不劳累，姑娘推托说：“不行，我可骑不了这么高的畜生，我还是骑驴吧。”果然，话音刚落，一头套好的小驴就出现了。姑娘偷偷带上了蛇女让她带的所有东西。走了大半天，他们路过一个庄园，丈夫建议进去休息一下，吃点东西。姑娘同意了，她进门的时候突然心生疑虑，多看了一眼，这一看不要紧，她浑身的血像冰冻住一样。庄园大门上的木纹竟是好多双痛苦的眼睛组成的，这些眼睛看着她，示意她里面有危险，不要进去。姑娘来不及多想，骑上自己的驴一溜烟就往外跑。丈夫骑着高头大马在后面追，马毕竟比驴快，姑娘已经感觉到马鼻子里喷出的热气就在自己后背上。她回头看了一眼，丈夫的脸已经变了模样，原来他是魔鬼变成的。想起蛇女让自己带的东西，她拿出了棉线，一丝一丝的棉线化作大雾，一切都变得模糊不清；她又拿出了皂荚和梳子，皂荚和梳子变成乌云和大雨，像梳子一样密的大雨落下，姑娘暂时安全了。她按照原路回家，但是魔鬼也知道她的家在哪里。绝望之下，她拿出了羊毛，羊毛变成了密密麻麻的树林，让魔鬼和他的马进不来，也找不到她的踪迹。姑娘骑着驴，小驴跑得飞快，很快就到了家门口。姑娘下了驴，正要进门，忽听小驴在呼救，原来魔鬼一直跟着她到了家门口，他掐住了小驴的脖子。姑娘最后拿出了剪刀，剪刀从她手上飞了出去，变成了绿色的十字架，立在姑娘和魔鬼之间。魔鬼痛苦地嚎叫着，跑掉了。小驴也恢复了原形，原来它就是蛇女。蛇女看着自己的姐姐，说："记着，不要和陌生人结婚，要找知根知底的人啊。"然后就消失在青草中。

在印第安传统的神话中，蛇代表了一种雌性的强大的力量，是一种练达的智慧。蛇女的故事中，蛇女也是聪明独立的，而且阻止了姐姐和白人的结合。这类故事在西班牙人占领南美初期很受欢迎。

变成植物的女人们

1. 土豆的故事

南美虽然土地丰饶，但是除了少数发达文明如印加文明外，农业发展水平不高，所以食物的起源是传说的重要内容，而食物和女人有密不可分的关系。

印第安舒尔人认为，种植农作物、侍弄果树、烧制陶器这些技能在最初的时候只有女人才掌握，而且只在女人之间传授，女人是大地的主人，一切都在女人的掌握之下，因为女人是被主神努奎神眷顾的，所以她们很容易就可以获得肥沃的土地、珍贵的猎物以及人们的尊重，但是创造力的获取难了一些，女人必须给神唱很多歌才能换取，算是神额外的礼物。

在舒尔人的神话里，努奎神没什么架子，只是个有点法力的女人罢了。有个故事讲述了土豆这种作物是怎么被人类获得的。传说某个村子里有个能干的女人，她去河边打水的时候看到另一个女人在洗一种圆滚滚的泥土色的果实，于是她上前去讨要，对方说："我就是努奎神，我掌管着地底下所有的土豆和甘薯。你如果想要，就照顾好我的小女儿，每天向她要土豆，便会得到；如果你对我女儿不好，你所获得的也会被我收回去。"女人把努奎神的小女儿领回家，每天让她变出土豆装满自家的篮子。一天，女人出门了，让小姑娘和自己的儿子们玩耍。男孩们起哄要小姑娘变出动物，

在努奎神赐予土豆前人们经常挨饿

印第安神话中女人化为植物是常见的桥段

小姑娘变出来了，不过都是些没有脑袋的死兽。男孩们火了，以为她敷衍他们，就开始动手打她，把灰撒在她眼睛里。小姑娘一边哭一边顺着柱子爬到房梁上。大地随着她的哭声开始抖动，就像地震一样。小姑娘最后钻进了房梁上存放的一根甘蔗里。在田里干活的女人感到地震了，怕家里出事，赶紧跑回家。回了家，看到发生的一切，她想把努奎神的女儿从甘蔗里弄出来。可是不管她怎么说，小姑娘就是不出来。她情急之下砍断了甘蔗，只掉出来三块带血的石头，小姑娘不见了。努奎神大怒，认为女人违背了誓言，便收回了她可以不费劲获得土豆的福利。从此，人们必须很艰苦地劳作才能得到这种根茎类作物的收成。

2. 孔乃斯奶奶

在巴塔哥尼亚荒原上，人和鸟在冬天的时候因为食物短缺都要向北迁徙，有个村子里住着个叫孔乃斯的老萨满，她已经老得无法长途奔波了，家里人用野生原驼的皮给她做了顶帐篷，留了些生活用品和食物，就离去了。不出意外的话，明年开春回来，孔乃斯奶奶就安详地离去了，到时候再为她举行葬礼。村里的人走后，奶奶一个人孤孤单单的，也不想吃东西，她决定睡觉。在梦里，她梦到了在冬天家乡也有吃有喝，她不必被扔下，她依然是人人尊敬的萨满。

到了来年春天，一些鸟从北方先回来了，飞过孔乃斯奶奶住的帐篷的时候，它们仿佛听到了她在责怪它们以及所有人弃自己而去，她说她会想办法让人和动物不用再这样搬来搬去。忽然，原驼皮帐篷像长了翅膀一样飞起来。空中的鸟儿们惊讶地发现，帐篷下面没有老奶奶，而是一朵黄色的带刺的大花，花儿一下子谢了，结出了果实，掉在了地上，长出了一种耐寒的灌木，结出来的果子非常好吃，而且在冬天也会一直有。有了这种果子，人和动物可以不必再去北方过冬寻找食物。这种果子就是卡拉法特，后来也成了一个小城镇的名字。这个城镇如今每年接待大量来看阿根廷莫雷诺大冰川的游客，在当地商店里也能买到卡拉法特果酱，这种果酱成了非常受欢迎的伴手礼。

3. 火中的女人

女人总是乐于牺牲自己的，不管是为了拯救族人于饥饿，还是保卫家园的青山绿水。传说瓜拉尼人的某个部落有个美人，她天性善良，喜欢花草，最喜欢唱歌。当她唱歌的时候，整个河流都停止喧嚣安静下来听。一天，从天边飞来一只大得出奇的鸟，从鸟的脊背上下来了几个男人，留着大胡子，背着弓箭，他们脚一碰到土地马上就变成了四蹄的双头怪兽，对着树木又咬又拱。瓜拉尼人很害怕，但是软弱的酋长让大家不要抵抗，他说这种怪兽待不了几天。但是酋长明显低估了怪兽的战斗力，它们把成片的树木拱倒，把泥土踢到河里，甚至把山峦推倒。怪兽背后主使现身了，原来就是白人，白人看到破坏后的样子，得意地笑了。

部落里有个歌声很美的姑娘，貌若天仙，心地善良，她每天都要唱着歌来赞颂美丽的河川，看到怪兽和白人糟蹋自己的家乡，她决定劝说他们停止暴行。但是这些白人不但不听，还声称姑娘是女巫，应该被烧死。白人残忍地将姑娘捆在树上，下面淋上油，点上火，就笑着离开了。面对火焰的舔舐，美人别无他法，只能念诵着图巴神的名字，为他歌唱。在火中，人们听到了最美的歌声，歌声里赞美了河流的蜿蜒、山峦的雄伟和一切自然的美景。歌声越来越弱，大家都流着眼泪说唱歌的美人死了。火整整烧了一夜。清晨，人们发现美人没有被烧成灰，在她死的地方长出了一株美丽的树，开出美丽的火焰一样红的花朵。这个故事比较真实地反映了欧洲白人在到达南美初期对印第安人生活的践踏以及当地人的反抗。

在那个时期，不少印第安部落的女萨满被安上了女巫的帽子，按照欧洲人的习俗被当众烧死。很多部落都声称这些勇敢反抗白人的女人在烧死后变成了美丽的花朵，继续庇佑部落。欧洲人对女性原始力量的崇拜远没有印第安人充足，他们带来的性别差异意识在南美生根，成为主流，女人活泼而原始的力量渐渐只存在于古老的传说之中了。

第七章　斗士的诞生

你得挎着盾牌或躺在盾牌上回来。

——加勒比妇女

战斗种族的诞生

很多印第安部落把自己看成是天生的斗士，宣布别的部落是敌人，战斗和杀戮是他们日常生活的一部分。根据他们的说法，造物主在创造人类的时候造出了不同种类的人，有的善于巫术，有的适合从事种地打猎，还有的则天生好战，这些好战分子的天性就是不断掠夺，无论是女人还是财富，他们喜欢夺取一切。

委内瑞拉的雅诺玛米人认为自己就是这样的战斗种族。传说在史前大洪水毁灭一切后，主神看到人间没有人类了，就造出了几个高大凶猛的家伙，全部都是男人，他们性情暴躁，其中一个人冲着月亮射了一支箭，月亮的血飞溅在大地上，在血中站起来一群人，他们生出来就开始互相残杀，被称为斗人。那个时候，世界上还没有女人，斗人在凶残杀戮之余，也会彼此蹭小腿，让腿肚子受孕，左腿生下女人，右腿生下男人。右腿生下来

很多印第安部落把自己看成是天生的斗士，战斗和杀戮是他们日常生活的一部分

的男人中有的依旧凶悍，有的变得温和，前者就是斗士。有了男人和女人之后，人类就可以繁衍，而好斗的那群人就形成了战斗种族，也就是雅诺玛米人。

为了夺取资源和地盘，丛林中部落间战事频发，也反映在斗士诞生的神话中。居住在奥利诺科三角洲的瓦劳族认为自己是神派到人间来的，神不仅给了他们人间的一切，还给了他们一个无比清澈的大湖，但是为了考验他们，神不准瓦劳人到这个湖里去，不能在里面洗澡，也不能游泳，这个规矩多年来都被严格遵守。

湖边住着一家瓦劳人，有一儿一女，他们的儿子很守规矩，但是女儿却对此不以为然。有一天，她看到湖水清澈见底，着实诱人，就跳到湖里去游泳，被湖神抓到了，拖到水底，从此失踪。等回家的时候她已经有了身孕，不久，她生出了湖神的孩子，长得比一般人类的小孩都好看，她自己也得意扬扬。于是她又去找了湖神，打算再生一个。湖神又令她受孕了，但是这次她费力生下的是一个半人半蛇的小怪物。全家惊骇，她哥哥马上用箭射死了蛇孩。但是她不甘心，把孩子的尸体抱到森林里，放在地上，过了一会儿，蛇孩又复活了，她也不敢回家，就在林中喂养他。她的家人一直在找她，她只得抱着孩子在林子里东躲西藏，最后还是被发现了。人们又杀死了蛇孩，怕他复活，还把尸体剁成了几段。她伤心地把孩子的残尸收集到一起，用树叶堆了一个小小的坟冢。她呆呆地坐在坟墓旁，不知道孩子的灵魂将会去哪里。忽然，她觉得坟墓动了一下，她以为是自己眼花了，但是很快小坟墓就被孩子胀大的尸体拱开，坟墓里冒出红色的光和烟雾，孩子的几段尸体迅速长成一个红色皮肤、一身软甲的斗士。他就是加勒比人的始祖。他是天生的斗士，凶悍好战，他把瓦劳人赶出了原来的领地，建立了自己的新世界。

加勒比人是天生的斗士，但是其他民族对加勒比人的诞生没有这么好的描述。在委内瑞拉奥利诺科河流域的印第安民族有这样的传说：有对善良的夫妻一直没有孩子，他们生活清贫，心里一直敬神。恶魔曾经用财富和食物诱惑过他们好几次，这对夫妻都抵制住了诱惑，所以神觉得他们才是世间值得保留下来的人，而其他人的心都坏掉了，不可救药，只能用大洪水去毁灭。神托梦给这对夫妻，让他们搬到高地上去，然后让天不停地下雨，最终把整个世界变成汪洋一片，只有这对好心肠的夫妻得以幸存。

等大水退去，丈夫出来一看，世界已经成了一片泥淖，除了橡胶树，其他树都淹死了。丈夫摘了很多橡胶树的果子给妻子吃，俩人得以果腹。他们成了世界上唯一的夫妇，可是他们一直都没有孩子，虽得以活下来，但是繁衍后代的压力变得更大了。丈夫对妻子说："你看，我们连个孩子都没有，等我们死了，世间就没有人了。"妻子也很难受。当天晚上，他俩做了同样的梦，梦里神对他们说不要着急，会给他们很多很多孩子，让世间重新人丁兴旺起来。妻子在梦里赶忙问："你给我那么多孩子，可是我只有一对乳房，我怎么哺育他们呢？"神说："不用着急，橡胶树会长出很多奶头来喂孩子的。"第二天早上起来，他们惊喜地发现，橡胶树上长出了好多奶头样的东西，好多小孩趴在树上，每一个小孩都吃着一个奶头呢。恶魔看到，很生气，他从水里捞起两条食人鱼，这种鱼有锋利的牙齿，可以在水中转瞬间把一头牛啃得只剩白骨。恶魔把食人鱼也变成两个孩子，让他们去啃橡胶树的奶头，食人鱼变的孩子很快把橡胶树的奶头啃得一个不剩，让其他孩子没奶吃。食人鱼变的孩子就是加勒比人的祖先，而其他孩子是丛林其他部落的祖先。

加勒比人以斗士众多而著称，斗士以四处征战为荣，加勒比人部落里的巫师可以帮助他们占卜战事吉凶，如果巫师夜晚看到吸血蝙蝠飞过斗士的头顶，那么第二天便可胜券在握，出征攻打别的部族。出征时，斗士们带着战鼓和弓箭，腰里还别着个小包，里面装满了木薯粉做的小面团当干粮。加勒比斗士从不夜袭，因为他们认为战斗能力在夜晚会下降，太阳一升起才能开打。如果在战斗中杀死了某个知名的斗士，那么杀人者从此便可使用他的名字作为自己名字的一部分，以此宣扬战绩。

斗士们如果得胜归来，除了粮食财帛，也会带回不少俘虏。在开始的几天，他们会给俘虏好吃好喝，对他们恭恭敬敬，为的是在胜利庆典上举行杀死他们的仪式。在庆典上，八个像女孩一样的苗条少年，浑身贴满鲜艳的羽毛，围着俘虏转圈跳舞，部落里的男人开始给俘虏们敬酒。敬完酒，首领过来，他先是审视这些俘虏一番，然后选中一个看起来够强壮的，用巴掌拍一下这个将死之人的脑袋，马上过来三个孩子用他们的小石斧把这个人的头砍下来。以此类推，直到把所有的俘虏都杀死。部落里的女人也跟着喝酒，把死人的尸体推来推去取乐，据说这样可以使死者羞于复活。

加勒比男人因为天气炎热，几乎是赤着身子，而女人则穿着长褂子，脸上有用植物汁液绘成的花朵图案，她们平时种地，照顾家庭和孩子，还承担为部族输送斗士新鲜血液的责任。如果生了男孩，丈夫会非常高兴，对儿子极为宠爱，教他各种战斗的技能，按照斗士的标准去培养。在少年时，加勒比男子会喝一种草药让牙齿变黑，成为黑齿就意味着这个男孩从此算是部落的男人了，到了可以去战斗的年纪了。每个男孩都跃跃欲试上战场，证明自己也是个斗士。

很早以前，加勒比人的祖先来自中美洲，以星座为指引，划着独木舟来到南美大陆，他们定居在南美北部以及加勒比海上那些星罗棋布的小岛上。在不少北部民族的传说中，还记载着这些凶悍的人从海上而来的恐怖故事。抵达大陆后，加勒比人依河而居，在低地上无穷无尽的绿色迷宫般的密林中生活下来。他们的生育能力很强，很快形成了一个又一个独立的小部落。但是因为过于好斗，他们未能像当地其他民族那样形成一个比较大的政权。加勒比人是个统称，其中包括好几个民族。这个称呼其实是后来欧洲人叫起的，而且带有很多误会。“加勒比”这个词来源于西班牙人说他们食人，“加勒比”就是食人族的意思。其实加勒比人不以人肉为食，他们的确被欧洲人瞅见过吃人，不过那是当地的一种宗教仪式，当地人认为吃掉勇猛斗士的肉可以获得斗士生前的力量。其实他们是在补充能量，让部落斗士不白死，能量接着往下传递。这个场面被欧洲人看到，并且不负责任地扩大了，才落下了这个不好的名声。

欧洲人想让加勒比人成为自己的奴隶，也被证明是几乎不可能的。加勒比人身材高大，在作战的时候对阵欧洲人一点儿不逊色，而且在丛林作战，欧洲人的马匹无法发挥作用，尽管有火器，但加勒比人的毒箭更为致命。15 世纪末的欧洲探险家回忆说，加勒比人的身体极为灵活，他们把战斗当成是艺术。

在穿越加勒比地区的时候，欧洲的探险者吃了不少苦头，河岸边的居民警惕性极高，对外来者敌意很强，穿过他们的领地就像遭遇一群愤怒的黄蜂。当加勒比人的前哨发现了欧洲人的身影，就敲战鼓预警，几乎全裸的斗士藏在树林后和独木舟里静静等候着欧洲人入瓮，他们一冒头，加勒比人就毒箭齐发。就算欧洲人能全身而退，再往下游行驶上几公里，又一个加勒比部落会给他们新的攻击。据说为了杀死欧洲人，加勒比人十分卖力，经常一路追到部落之间的边界上才会停下脚步。

加勒比人不是只会打仗的生番，和同样在南美北部生活的奇伯查人相比，加勒比人更为高大漂亮，五官舒展，大眼睛鹰钩鼻是加勒比人的典型长相。加勒比人爱打扮，喜欢配搭首饰，这些首饰不光是抢夺来的，也有自己部落制作的。加勒比部落出能工巧匠，他们除了打造精美的首饰，还善于制造各式弓箭，据说可以制造出 2 米的巨弓。曾有西班牙部队提出要和加勒比部落隔河比箭，西班牙人派出了最好的弓箭手，而加勒比人脑袋一偏就躲过了西班牙人的箭，但是加勒比人一搭弓，箭嗖的一声射出，西

加勒比人以斗士众多而著称，斗士以四处征战为荣

班牙对手立刻穿喉而死。除了弓箭，加勒比人钟爱的武器还有斧子和长矛。

战斗难免受伤，所以加勒比人还精通草药学和医学，加勒比巫医调制的草药可以使伤口愈合，他们甚至用迷幻类草药当作麻醉剂帮助伤者切除坏死的部位。熟悉草药的加勒比人会在黑夜斩断藤蔓，从乳白色的汁液中获得毒药，来浸润自己的箭头，敌人中箭之后，马上双眼模糊，神经系统遭受破坏，心脏骤停，很快死亡。

除了战斗，加勒比人最大得本事是航行，他们的祖先从中美，甚至有可能是更远的地方来到南美，靠的就是航海的本事。加勒比人喜欢水，住地不是靠着海就是挨着河。河道纵横的丛林让加勒比人找到了商机，所以令人大跌眼镜的是，加勒比人除了抢掠，还懂做生意。他们乘着独木舟在河道中穿梭，卖珍珠、烟草、美味的大蜗牛、漂亮的羽毛，而且他们还会做附加值更高的金器和陶器生意。加勒比女人种植玉米和烟草，让男人拿出去贩卖。加勒比人男女比较平等，女人对男人的杀戮也完全乐在其中，在新婚之夜，丈夫为妻子献上敌人的头颅是件温馨的事情，值得在村里称道一番。

战斗种族除了北部的加勒比还有南部的马普切。欧洲人对付加勒比人吃尽了苦头，马普切人同样把他们折磨得不轻。马普切人有个战神，但是样子并不威猛，是个长胳膊垂地、畸形腿、浑身是毛的怪物，据说是死去斗士的魂魄所化，他只能一跳一跳地走，眼睛里全是火。在马普切人对抗西班牙人的战斗中，巫师们要呼唤战神的魂出来，把勇气和力量传递出来。战神是战场上不甘心的灵魂所化，所以他的战术知识也极为丰富。

善于用兵的印加斗士

印加人也有斗士文化，但是发展较晚，在他们之前，奇穆人就已经是军政合一的典范了。奇穆人喜欢修墙，越高越好，奇穆人的都城羌羌古城就和外星人留下的城池一样，像蜂巢一般的泥土宫殿，每个角落都特别敞亮，一切都透着朴素刚健和怪诞不经。奇穆人崇拜的东西有点杂——有太阳、月亮、风、海和蛇，还有一只会吃人的大鸟。奇穆人善建筑织造冶炼，实力本来很强，但他们的扩张正好赶上了印加人的扩张，双雄并立，最终只能有一个胜利者。奇穆人和印加人的仗打了很久，双方都派出了全国最强的兵力，结果奇穆人输了。但是印加人佩服奇穆勇士，答应他们保留自己的神和生活方式，而奇穆国王却和一群工匠一起被押送到库斯科，给印加王干活。

印加军队军纪严明，常打胜仗，最终他们控制了如今的秘鲁、玻利维亚、厄瓜多尔、智利、阿根廷、哥伦比亚的大部分领土，从北到南建立了从雨林到沙漠、从大海到平原腹地的庞大帝国。

印加人的扩张靠的是军事实力，印加斗士的选拔是通过一种类似奥林匹克的赛事来公平进行的。印加男人要比奔跑的速度、跳跃的高度、自由搏击，最残酷的比赛莫过于比赛不睡觉，据说为了赢得比赛，有的印加人吃下草药，可以坚持一个星期不睡觉。

印加帝国不断扩张，军队里来自被征服部落的士兵也越来越多。来自这些部落的平民要服印加帝国的兵役，他们身穿统一的印加军服，但胸口的护心镜上绘有本部落图腾，这样一来，士兵来自哪个部落则一目了然。为了防止这些被征服部落的军队反叛，印加人通常把一个部族分成两个分队，分队的首领要互相竞争才能取得比对方更高的军阶。

印加士兵的年龄在 25 岁到 50 岁之间，太小太老都不行。贵族必须参军，这是他们的义务，而当兵对印加老百姓来说也是进身之阶，大约平均每 50 人中可以选出一个印加斗士，主要是看他的选拔成绩。在印加帝国，当兵是个划算的事情，很多人以此为职业。士兵有不错的住房、充足的口粮，随时可以享用古柯叶，每年做新衣服，帝国还给家属有口粮补助，还可以

印加斗士是通过一种类似奥林匹克的赛事公平进行选拔

分到战利品，所以很多士兵可以阔绰地拥有不止一个老婆。

印加人进攻的时候阵形颇为整齐，前锋是弹弓手，这种弹弓威力强大，据说可以使敌人当场毙命，奇怪的是印加人没有使用弓箭的习惯，弹弓手后面是使用印加斧和大棒的士兵，再往后是短矛手，最后是手执 6 米长的超级长矛的长矛手压阵。印加军队军纪严明，令如山倒，印加王经常大规模调动 2 万人以上的军队，在行军的时候，印加军队可以不发出一点儿声音，而在战斗的时候，他们会发出威慑敌人的吼声，或者唱歌羞辱敌人。印加军队里有女人，基本是士兵的妻子，有时候将领也带着妻子。这些女人要做饭、洗衣、照顾伤员、埋葬战死者。随军的还有祭司，他们是很忙的，到了晚上，士兵们睡觉，但是他们不能，因为他们忙着给敌人下咒，削减他们的实力。

印加军队能横扫安第斯山也要归功于印加人积极修筑道路，印加人想攻打哪里，就把路修到哪里，这些道路可以运送大批的军队和战略物资，而羊驼是重要的军需品的驮兽。印加人很爱琢磨打仗这些事，对排兵布阵、制定战术有浓厚的兴趣，而面对印加军队，安第斯山的其他部落就太不专业了，他们的斗士体系结构松散，上升不到军事组织，他们的勇猛在有组织有策略的印加军队面前不堪一击，不管是雨林、山区的部落，还是平原、沙漠的部落，都败在印加人手下。印加人的手段很多，挖坟掘骨这种事也可以干。但是必须强调的是，印加人不爱杀人，就算对方拼死抵抗，他们也不至于愤而屠城，有时候甚至原谅对方，颇有些爱惜勇猛之才的意思。

印加人更厉害的是有时候可以做到不战而屈人之兵，也就是说，他们爱的是征服，而不是打仗本身。在开仗之前，他们先给对方首领提出优厚的条件，比如依然尊他为这一地区的首领，但是他的部落要作为印加的属国。成为印加属国可以享受到不少好处，比如印加人会给当地筑桥修路、盖房子，还送当地贵族漂亮的印加女人，生下的后代自然就有印加血统，这样一来，异族部落自然与印加帝国血脉相连，成为一体。

如果对方很骄傲，不能接受被征服，那么印加人就以不敬太阳神为由修理这个部落。如果印加人打赢了，对方付出的代价很可能是搬离自己的家园，去遥远荒蛮的地方去开垦。把这些部落驱赶到土地贫瘠的地方，印加人就任由他们自生自灭了。许多年后，西班牙人用同样的办法对付了印加人。

斗士的爱情

1. 图巴之怒

斗士在印第安传说中往往是爱情的宠儿，勇猛的他们很容易获取姑娘的芳心，连神都对他们网开一面。瓜拉尼人的部落里有个叫伊哥塔的斗士，他爱上了部落最美的女孩皮卡苏，他们是大家眼中天生的一对。姑娘的父母也认可了这桩亲事，但是认为还是应该征得月亮神的同意。村里的萨满在作法后，夜空一片清朗，月光正好，每个人脸上的汗毛都看得很清楚。萨满说，这象征月亮神对这桩婚事很满意。酋长说："既然如此，那婚事就准备起来吧。"

部落里一下子热闹起来了。大家抬着伊哥塔，哄笑着把他扔到湖里。伊哥塔是全村最好的游泳健将，他像水鸟一样在水里扎猛子，给大家捕了不少鱼；第二天他又去森林里打猎，黄昏时拖着很多猎物回来，交给族人准备婚礼的晚餐。大家在婚礼上又唱又跳，喝了很多酒，人们发出的阵阵笑声让附近的鸟儿都不敢落下来。大家都醉醺醺的，如果他们这时候抬头看看天，会发现天空已经阴云密布。忽然，猝不及防，倾盆大雨降下来，把人们浇了个措手不及。大家这才想起了一件事，他们忘了征求主神图巴对婚事的意见。

大家在雨中喊着："图巴神生气了，他的眼泪落下来了，怎么办啊？"

斗士在印第安传说中往往是爱情的宠儿，勇猛的他们很容易获取姑娘的芳心

新婚夫妇也吓得脸色煞白，这意味着他们不能住在部落里了，否则就会给大家招来灾祸。按照风俗，他们唯一的出路就是跳到湖里，游到一个很远的岛上去，所有不被神祝福的夫妇都去那里度过余生。这是一种放逐，永远不能再回部落了，也再也见不到亲人。

大雨一直到第二天中午才停，小夫妇在众目睽睽之下跳入湖中，开始往前游，族人都在岸边咒骂他们得罪了图巴神，让他们快快离开部落，免得图巴神的怒气转移到其他人身上。两个年轻人奋力往前游，伊哥塔一直耐心地等待游得慢的妻子，还帮助她躲过漩涡。他们眼看就要到小岛了，新的灾祸却降临了。部落里有个坏家伙，对斗士伊哥塔心怀嫉妒，想要借这个机会除掉伊哥塔，他躲在岸边的树上拉弓射箭，连着射了好几支，让小两口完全无法避开，最终这对不幸的小夫妻中箭后慢慢沉入水下，整个湖水都被鲜血染红了。天一下子暗了下来，太阳变成了血一样的红色，就好像天空也变成了湖面。部落里的人又吓坏了，惴惴不安，不知道降临了什么新的灾祸。其实这是图巴神显灵了，他从空中用巨掌捞起了伊哥塔和皮卡苏的尸体，让他们复活，他也原谅了他们的无心之失，恩准他们可以重新回到部落生活。射箭的坏家伙则留在放逐岛上，和其他被放逐的夫妇一起生活，但是别人至少成双成对，而他一生都不会有女人。

2. 波提拉的泪水

嫁给斗士的女人通常是部落里最美的，但是她们的命运有时候也很悲惨。巴西的瓜拉尼传说中有个悲伤的故事。在白人还没来到这片大陆的时候，人迹罕至的森林里生活着很多部落，他们之间时而和平，时而开仗，每个部落都有不少专门打仗的斗士。波提拉是被上天厚爱的女人，她有美丽无双的容貌，她的心上人是部落里最勇猛的男孩塔希巴。大家都等着他俩尽早结婚，因为按照这个部落的风俗，男女一结婚，男人马上就成为斗士要去打仗。波提拉和塔希巴结合了，塔希巴也成了部落斗士中的新生力量，不断去征战。一开始波提拉下决心不像部落里其他斗士的妻子那样神不守舍，日夜担心，她相信塔希巴的本事，但是一次又一次的分别还是让她越来越郁郁寡欢。在一次漫长的等待中，年轻的妻子失去了耐心，在黑夜中投河了，而她的丈夫也再没有回来。其实，早在她死之前，她的丈夫就在一次战斗中身亡了。部落里还有新的女孩长大，她们也会一天比一天美，当她们在森林的晨雾中看到露珠的时候，老女人会告诉她们，那是美人波提拉的泪水。

3. 血滴红石

在印加传说中还记载了斗士和太阳贞女之间的禁忌爱情。一名印加斗士受伤后无意中闯入了在的的喀喀湖边刚刚修好的一座太阳贞女庙，庙里的太阳贞女被宣布为太阳神的后宫，不得与凡尘男子有染。心地善良的贞女们收留了斗士，瞒住祭司，为他疗伤，其中一名清纯羞涩的贞女让斗士心仪不已。他们相爱了，贞女怀了斗士的骨肉。自知犯下大错的他们逃出了神庙，但是他们的罪行已经被报告给了印加王。印加王大怒，不仅下令搜捕他们，还命令萨满对他们二人进行最狠毒的诅咒。两个人逃到了安第斯山里的一个远离印加人的小部落藏身，但是他们未能抵挡住萨满的诅咒，贞女带着未出世的孩子死去了，斗士很快也在悲伤中走到了生命尽头。部落的人将二人尸身埋葬在山腰。一天，人们发现他们的坟墓旁长出了红色的花朵，而坟墓的土也有些松动，几颗红色的小石子露了出来。当地人大骇，认为是他们的灵魂在相爱的痛苦中化作了鲜血一般的红色石子，于是层层上报给了印加王。印加王认定他们是真爱，而非普通男女苟且，决定原谅他们。这种血滴一样的红石也在当地被开掘出来，被印加帝国的贵族女人当成爱情和宽恕的象征。

4. 兄弟争女

斗士在爱情中也有失败的时候。秘鲁的传说讲述了兄弟俩争夺一个女人的故事。在很久以前，那时候还没有印加帝国，一个酋长有座漂亮的宫殿，从宫殿往外望去是皑皑的雪山。他有个女儿，叫苏玛赫，又美丽又贞洁，从不和小伙子随意谈笑，就连在祈求丰收的舞蹈中，她都姿态庄重，如同天上神女一般。部落里有对兄弟，哥哥包卡尔是出名的斗士，勇猛无畏，他统率军队，在战场上为部落立下赫赫战功，是当地女人心目中的英雄；而他的弟弟麦塔是个普通的农夫，没什么大本事，但是种的庄稼年年丰收，放牧也是把好手。

包卡尔在一次祭典中遇见了苏玛赫，惊为天人。按照祭典的规矩，苏玛赫要把玉米饼和羊驼肉饼交到包卡尔手中，而且作为在战场上立下战功的出色斗士，包卡尔可以和她跳一支当地的舞。跳完舞，包卡尔的心算是彻底属于姑娘了。他开始频频出入酋长的宫殿，他知道见不到深闺中的苏玛赫，但是他经常和酋长聊天，给酋长机会吹嘘自己当年的战绩，以此拉近关系。包卡尔不是那种有勇无谋的人，就算他心里想着姑娘，但表面上仍然专心致志听酋长吹嘘自己当年的战绩。

弟弟麦塔也在一次庆典上见过苏玛赫，同样魂牵梦绕，但是他没有战功，没资格进入酋长的宫殿。他只能频频到宫殿附近的一口井去打水，趁机看看姑娘在窗前梳头或者望天。姑娘看到弟弟呆呆望着自己的样子，不禁觉得好笑，觉得这个傻小子很有意思。

一天，在宫殿外徘徊的弟弟正好碰到了从里面出来的哥哥，他鼓起勇气问哥哥是不是爱上了苏玛赫，哥哥说是。兄弟俩先是同病相怜地彼此倾诉了对苏玛赫的爱，然后两人都表示不愿意放弃，最终只好一起去找酋长。酋长说，兄弟俩之中谁能解决部落的难题，谁就能娶自己的女儿，这个难题就是每到春天，雪山上的雪水融化，从山顶倾泻而下，部落便要遭受山洪。酋长说，谁能把山洪引开，并让流水缓缓从宫殿前经过，苏玛赫便嫁给谁。

包卡尔有优势，他是大家敬仰的勇猛斗士，威望高，可以动员士兵为自己开渠。他和大家一说，很多人愿意为他出力。包卡尔决定笔直地挖一条从雪山到宫殿外的水渠。而麦塔只有几个农夫朋友，但是他有经验，因为他曾经在这一带开渠引灌，他精准地计算出了运河应有的走向，在短短两个月内，他利用地势和原有河流，把山洪引入了运河河道，缓缓流经宫殿门前，而包卡尔只完成了计划的一半。

酋长决定按照承诺把女儿嫁给农夫麦塔。从未品尝过失败滋味的包卡尔不甘心，他向弟弟宣战。但不是每个人都支持包卡尔，很多人觉得他输不起，因而同情弟弟麦塔。于是，部落的人分化成支持包卡尔和支持麦塔的两拨，分别组建了战斗队伍，为了苏玛赫的归属而开仗。战斗十分激烈，各有胜负，一连打了三年，田地都荒芜了。没办法，斗士哥哥向农夫弟弟提出，不要再打仗了，改由他们二人决斗。弟弟硬着头皮答应了。

在决斗场上，包卡尔看着并不强壮的弟弟站在自己的对面，熟悉的眼睛里充满了害怕，他知道自己一下就可以结果弟弟的性命，但是，这真的是自己想要的吗？他顿悟了，放下了武器，放弃了苏玛赫，祝福了弟弟，转身离去。

他也没有参加婚礼，而是一个人到了山里生活，很少有人再见过斗士包卡尔。

第八章 安第斯的女神和游魂

安第斯山地区是一个云雾缭绕、细雨霏霏、冷风习习的世界，只能用细腻的灰色和沉郁的绿色来铺陈。

——马尔克斯《番石榴飘香》

抽烟的老女人帕查妈妈

安第斯山是世界最长的山脉，从最北面的加勒比海到最南端的巴塔哥尼亚，绵绵山脉里发展出了令人称道的农业文明。对于赐予收获的土地，印第安人极为珍视。曾有西班牙人觊觎良田，蛮横地对印第安人宣布土地是他们的，与他们说理的印第安酋长笑着从地上抓了一把土，放在嘴里，嚼着吃掉了。没有人比印第安人更爱土地，大地之母帕查妈妈是所有安第斯山地区人的女神。

“帕查”在印第安克丘亚语中是大地的意思。帕查妈妈是大地之母，无人知道帕查妈妈何时诞生，她的年岁和这个世界一样古老，平时住在地下或者隐藏在山体里面，农夫和矿工都极为敬重她。在远古时代，帕查妈妈创造了土地，供万物生长，凡是长在大地上的一切都属于帕查妈妈，是她身体的一部分。当万物衰亡的时候，它们就重新回到地母的怀抱，帕查

帕查妈妈是大地之母，无人知道帕查妈妈何时诞生，她的年岁和这个世界一样古老平时住在地下或者隐藏在山体里面

妈妈会把万物吸收回自己的身体里。她的血流到植物里，所以有的植物才有了疗伤的功能。印加人和其他许多安第斯民族一样，都有烧古柯叶撒在大地上来孝敬帕查妈妈的习俗。久而久之，·帕查妈妈就是一个抽烟老妇人的样子，说话絮叨，但慷慨大方。据说有的时候，她为了迷惑人，会变成目光清澈的小姑娘，去考验人类对她的忠心。虽然帕查妈妈模样可亲，但一旦惹恼她，后果也很可怕，所以山民像对待一个脾气古怪的老祖母一样侍奉她。她还有个抽象的形象，出现在不少安第斯首饰上，是一个美丽的漩涡，当地人解释说，这象征着帕查妈妈创造出来的无穷无尽的土地。

得罪帕查妈妈意味着没有收成,这在贫瘠的山区是一件很可怕的事情，人们出于敬畏，用最珍贵的羊驼的心脏来祭祀她。他们既爱她，又怕她，所以下地干活的印第安人每天都要一边劳作，一边和帕查妈妈说话，请她原谅自己无心的过失和偶尔对大地的不敬。帕查妈妈经常很饿，如果不按时给她供奉食物，她就会发脾气降下灾祸和疫病。家庭里酿好奇恰酒，第一口必须洒在土里给她喝。

当天主教传到安第斯山后，圣母玛利亚没有能完全取代帕查妈妈，她们俩像两条平行线一样，分别被山民们供奉着。在秘鲁、玻利维亚和阿根廷，每年都有帕查妈妈节，村民选出村子里最老的女人，代表肥沃而丰饶的帕查妈妈，再选出一个年轻的处女，代表尚未开垦，并不肥沃的土地。老妇人会代表帕查妈妈接受玉米、美酒、石块和鲜花，以及豚鼠肉、羊驼肉一类的供奉，而年轻的女人则什么都没有，村民希望用这种对比使得帕查妈妈高兴，给予他们来年更好的收成。

安第斯山的田地里都埋着帕查妈妈石像，当他们不得不迁徙时，他们会挖出石像，带在身边，到了新的土地，再埋下去，他们相信帕查妈妈会把生土变成熟土，很快长出庄稼。

帕查妈妈很爱睡觉，所以不能随时播种，以免打搅到她。只有春天，帕查妈妈才打开她的身体，让人们播种，这个时候，土地是可以耕种的。春天的帕查妈妈很活跃，会变化成小女孩的样子看人们种地，但是她也是易怒的，村民远远看到她，千万不能招惹，否则便毁了一年的农耕大计。

生活在阿根廷和智利交界的第基塔人是很典型的安第斯山的人，他们说帕查妈妈经常来到他们的土地上，如果远远地看到一个矮小的老女人，经常戴个宽边帽子遮住自己的脸，那就是她了。因为自己当年生下了所有的山峰和地上所有的男人，所以她特别骄傲，把整个天地都当成自己的神庙。女人就像对待自己婆婆那样对待她，表面恭顺，但也偷偷在背后编派她。女人们都说，帕查妈妈和自己家婆婆一样贪吃，经常偷吃厨房里的东西，还爱抽烟，还非常喜欢生气，所以女人们用美酒和烟草供奉帕查妈妈的同时，还用黑色和白色的羊驼毛纺成线编成带子，绑在脖颈、手腕和脚腕上，用于抵挡帕查妈妈的诅咒，生怕她一个不高兴就降祸于人。

帕查妈妈不喜杀戮。相传有个西班牙鳏夫，带着儿子来到安第斯山一个小村子定居下来。这个西班牙人有火器，枪法不错，经常在山中猎杀动物，什么原驼羊驼野兔都是他的猎物，除了自己吃，他也把多余的猎物拿出来卖。因为当地人很少猎杀动物，所以西班牙人拿着一杆枪在山中称霸，他越打猎越上瘾，杀的动物越来越多，动物的尸体每天都堆得像一座小山，血把土地都染红了。当地居民看了十分害怕，告诫西班牙人少杀戮动物，够自家吃便收手吧，因为土地上和高山上的一切都属于帕查妈妈，她不喜欢别人杀太多的动物。但是西班牙男人不以为然，还是每天出门打猎，能杀多少杀多少，有些小个儿的猎物都懒得捡回来，直接撂在地上。

一天，他和儿子骑着骡子出门进山，想教儿子打猎，走出去没多远，忽听得脚底下有轰鸣声，像是在地底下打雷，不远处的小山上还滚落了几块大石头。村里人见了，远远地叫他们回来，说这是帕查妈妈在警告他们，劝他们今天就不要打猎了。西班牙男子很固执，决定不理会这些，继续带着儿子向前走。他们上到了半山腰，走着走着，山体突然塌陷了，在他们眼前出现了一个断崖。他们俩赶紧吆喝自己的坐骑往后撤，但是骡子浑身发抖，一步都挪不动。西班牙男人招呼儿子从骡子上下来，他们刚下来，就看到骡子身子一歪，掉下悬崖，发出一声悲鸣。这是帕查妈妈的第二个警告。不敢再逗留的西班牙人一把抱住儿子，一溜烟跑下了山。回到村里，他气喘吁吁地和村民讲述了山上的经历，村民告诉他要马上向帕查妈妈道歉，赶紧去找些烟草来，撒在地上点燃，让她老人家抽两口烟，消消气。西班牙人以手头没有烟草为由拒绝了村民的提议。当天晚上，月光明晃晃，西班牙人睡不着，翻身发现儿子不见了，他起身赶紧去找。他看到儿子在月光下骑在一头原驼上，眼神空洞，没有任何表情，好像灵魂被从身体里剥离了一样，原驼一步一步向山里走去，很快就消失了。西班牙人大叫起来，把村里所有的人都吵醒了，他结结巴巴地告诉他们发生的一切。村民告诉他，这是帕查妈妈给他的第三个警告：带走了他的儿子。但是他们也安慰他，只要他改正错误，不再滥杀，帕查妈妈可以再赐给他一个儿子。西班牙人此时才真正相信了帕查妈妈的伟力，很快地，他和当地一个女人结婚，又生下了一个混血儿子，他跟随妻子种地，不再碰猎枪了。

每年的 5 月到 10 月，在阿根廷北部库约地区，会刮起阵阵炎热的强风，这种风也被认为是帕查妈妈的警告所化。据说很久以前，当地有个酋长，能征善战，征服了周围好几个部落。他本人是个神箭手，箭无虚发，他自己也非常得意这一点。为了炫耀自己的箭术，他经常瞄准走兽和飞鸟的脑袋，轻松把它们射死。

一天晚上，他做梦梦到了帕查妈妈，梦中的帕查妈妈个子不高，满脸皱纹，她倒没有传说中的坏脾气，也许是所有安第斯山的人都算是她的儿子，所以对这个勇猛的儿子，帕查妈妈多了很多耐心。她告诉他，她不是人类一个种族的母亲，她也是动物和植物，甚至是山体和河流的母亲，她对人类已经很偏心了，给了他们杀其他动物的权利，但是如果人类滥用这个权利，她就会生气，用自己的方式去降下惩罚。说着说着，帕查妈妈消失在一团光雾之中了。酋长从梦中醒来，看到天光大亮，梦里的事不觉忘了大半。

他起身，习惯性地拿着弓箭，到了林子里。看到飞鸟走兽，杀心又起，他瞄准一只鸟，忽然听到背后的大树叹息了一声。他心想，坏了，梦里的警告是真的。转眼间树枝就像活了的手臂一般，对着他的脸就是一顿狂抽，他脸上登时就出现了渔网一样的红色伤痕，十分可怕，树叶和树上的花儿、果子一股脑向他砸过来。树好像一个人一样，一边打他，还一边喘着粗气。树在挥舞树枝时带动的风也越来越热，就好像帕查妈妈的怒气一般。从那时起，库约地区就有了热辣辣的风，吹在人脸上就像被打过一样疼，那是因为帕查妈妈还余怒未消。

水对于帕查妈妈很重要，因为没有水，就没有万物的生长，她掌管的动物和植物就无法生存。水神家族里的家长是父亲冰雹和母亲湖水，他们的孩子有天上的云雾、地上的河流，还有山石缝中的水。帕查妈妈掌管着他们，如果人类需要水，她会让水神们到人类的村子里去，把水带给他们，如果人类贪心，想要更多的水，她便用干旱来惩罚人类。其他水神到村子里可以带来雨水，但是冰雹神就不那么受欢迎了。他是水神家族的家长，有传统的安第斯山道德观，好多管闲事，哪个部落出现用草药打胎的女人、斗殴的男人，或者出现了债务纠纷和感情欺骗之类的事情，他都会下一场冰雹来惩罚他们，所以人们都说，他的存在是让安第斯山的人活得更加道德。但是冰雹之神是个好沟通的人，如果人们求他不要来了。他也许真的就不来，他喜欢穿着黑色的袍子，喝着酒，醉醺醺地往他要去的村庄那边赶，这个时候如果有人拦住他，好声好气劝他不要来，他便不来了。冰雹有个好儿子，是雨。雨是个严谨的好青年，他按照季节浇灌土地，给庄稼和牧草足够的水，但是他太忙了，有时候不知道他去哪里了，就会很长时间不下雨，人们只好去山顶的圣湖去求他的母亲叫儿子赶紧到他们村下场雨。

会飞的头

外乡人刚到安第斯山的时候，当地人会好心提醒他们要小心乌玛。“乌玛”在当地语言中是头的意思，印第安人是在提醒他们小心一种会飞的头。这种飞来飞去的头通常在夜间出现，是女巫的脑袋，所以乌玛也代指年轻漂亮的安第斯山女巫。她们混迹在普通人中生活，会用法术操纵自己的头离开身体，腾空而起，飞得很远。想要分辨一个陌生的漂亮女人是不是乌玛，就要在一段时间里日日夜夜和她生活在一起，寸步不离，因为会飞的头每隔一段时间要去寻找猎物，吸血为生，否则就会饿死。安第斯山人坚信每个星期二和星期四是女巫的进食日，她们会让头离开脖子，飞起来去觅食，也有个说法是每星期五，所以在这几天她们不能见人。会飞的头特别青睐吸食男人的血，尤其是年轻男子。乌玛的捕食方式和老鹰差不多，飞在天上往下看，选中猎物后就猛地扎下来，停在猎物的面前，用长长的头发把猎物勒死，然后吸他的血。

当头在天上飞的时候，女巫的身体必须在一个很安全的地方，因为身体在这个时候没有任何反抗能力，如果这时弄点盐撒在她的脖子上，她的身体就会痛苦地抽搐。在空中的头也能感知到，六神无主，在空中乱作一团，她会赶紧找到一个女人，设法弄掉对方的头，然后把自己安上去，再慢慢地控制这具新躯体，直到完全融合。如果赶路的女人被乌玛盯上了，得赶紧跑到附近的密林里或者荆棘丛中。因为乌玛的头发在风里被刮得乱糟糟的，很容易挂在树上，她又没有手，所以一旦被挂住就很难解脱，不能及时吸食人血，乌玛就会衰竭而死，所以她最怕密林。

据说，有个村子，里面有个不大老实的男人，找了个外村来的姑娘当情人。两个人偷偷摸摸在一起，越来越觉得对方有趣味。男人恨不得天天都见情人，但是姑娘告诉这个男人千万不能在星期五的时候去找她。男人答应了，但时间长了，他心里开始嘀咕是为什么。问姑娘，她也不解释。姑娘的态度激起了男人的好奇，他甚至怀疑她还有别的情人。一个星期五的晚上，男人失去了耐心，跑去姑娘的家里找她。他敲门，没人应答。他从门缝往里看，看到他俩经常欢好的床上有一具抽搐扭动的无头身体，从脖颈的断口里还发出类似风声的咻咻声。他吓了一跳，以为是什么邪魔，为了保护情人，他鼓起勇气，推开了门。屋外的风突然大了起来，他隐约听到空中有心满意足的笑声，脖颈好像也感觉到了什么，咻咻声更大了，好像有什么东西要进来了。男人赶紧躲在了墙角的斗篷下面，从斗篷缝隙中，他看到一个形如黑鸟的东西从窗外飞进来落下，一番抖动之后，姑娘的脸露了出来，原来她是个乌玛。她刚刚饮完人血，心情很好。她飞到了脖颈的上面，对准自己的身体将头安上。她起身，理理头发，看起来又是一个正常的女人了。男人吓得要命，一直等到她走出屋子，才敢起身。他一溜烟地跑回家，再也不去找这个情人了。情人觉察到自己的秘密败露，她索性在刮风的夜晚以乌玛的本来面目去找这个男人。她用脑门儿叩击着男人家的房门，男人不敢出去见他，抱着老婆孩子躲在屋里只是一味发抖。老婆从门缝里看到对方是个乌玛，吓得大哭，男人还骗她说这不过是风声。老婆指着窗外说："看，风哪里会有黑色的头发，哪里会有红红的嘴唇？"

男人求助于村里其他男人，他们替他想了一个法子：趁着乌玛星期五离开身体的时候，往她脖子的断口上抹上盐，这样头就无法回到身体，必死无疑。男人照着朋友说的做了，等到星期五，他跑到情人的房子里，在尖叫的脖颈处涂上了厚厚的一层盐，身体立刻停止了扭动，男人觉得很满意。为了等乌玛回来，看着她彻底死掉，男人又躲到上次的斗篷下面。他等了好长时间乌玛都没回来，男人困了，不知不觉在斗篷底下睡着了。有

乌玛常在夜间出现，是女巫的脑袋，女巫会用法术操纵自己的头离开身体，腾空而起，飞得很远

所感应的乌玛从很远的地方慌慌张张地飞回来了，看到自己的身子不动了，被抹了盐，知道已经无法再长回身体。而负心的男人居然在斗篷下睡着了，气愤的乌玛拱起斗篷，把自己安在男人肩膀上，把自己的肉和他的肉连在一起，血脉一通，便长在了男人的肩膀上。

男人醒来，看到情人的脑袋长在自己肩膀上，还在对他嘻嘻笑。他尖叫着跑出屋子，一直跑到山里，却怎么也摆脱不掉乌玛。据说后来他变成了一种只有在黎明才会出现的鸟，叫声凄厉。每当它天不亮就开始叫的时候，安第斯山的女人就会警告男人，不要停靠在别的女人的臂弯里，否则情人的头会永远长在他身上。

安第斯男人对付乌玛还是有一套的。另一个安第斯的村里有个小伙子和一个外来的姑娘恋爱，无意间发现了她是个乌玛，不时在山中吸食人血。和上一个故事一样，他也将情人的脖颈涂上了盐，乌玛回来后，无处可依，便用牙齿咬住了小伙子的肩膀。小伙子慌了，跑到旷野中，无论他怎么抖动都不能弄掉乌玛。于是他停下来，让自己镇静一下。小伙子想了想，问肩膀上的乌玛要不要吃点果子，乌玛说可以。小伙子又说下雨了，为了避免把乌玛漂亮的头发淋湿，他请她先在衣服搭起的小帐子里躲会儿雨，他去采果子。自以为神通广大的乌玛觉得小伙子逃不出自己的手掌心，便答应了，松开了嘴。获得自由的小伙子马上跑到了茂密的林子里不出来了。乌玛怕被树刺挂住，不敢钻进去，只好飞了起来，去找一具新的身体寄放自己的头颅。

直到现在，安第斯山里的人看到山坡上有莫名的尸体的时候，都坚信对方乃是被乌玛所害。很多人也认为，在山中行走的时候，最好不要谈论和头有关的话题，只怕招来这种阴风中的奇怪生物。

但是乌玛也有拥护者，很多印第安人说他们经常在晚风中见到乌玛，她面容姣好，头发因为山风的关系总是乱糟糟的。他们说乌玛也没有传说中那么大的法力，她总是停在人们的胸口的位置，用个棒子打掉她就可以，而且乌玛离开身体便不会讲话，被打在地上也只是吱吱呀呀地叫。有的印第安部落认为乌玛不是恶鬼女巫，而是个热心肠的怪物，如果哪家丈夫对妻子不好，乌玛会出来小小地惩戒一下丈夫，但不会做过分的事。乌玛还帮助夜晚在安第斯山里迷路的人，帮他们远离野兽。

乌玛的故事也许是西班牙人到来后对当地文化的一种篡改，因为有登山者曾经在安第斯山脉的雪山上见过封存完好的古代印第安人的头颅，只有头，没有身体的其他部分。这些头颅也许是某种巫术的产物，因为印第安人相信头具有平衡时空的神奇力量，所以放在安第斯山中镇山安魂。据说有的登山者曾经听到头颅发出尖叫和笑声。

游魂

安第斯山又大又空旷，山里面有很多受到诅咒的鬼魂，他们生前干了坏事，罪孽不被神明宽恕，所以死后无法进入天堂，也不被地母所容，他们被惩罚只能去爬没有尽头的安第斯山，到了山顶就会滑下来，无休止地爬上去滑下来，没有停歇。他们日复一日游荡在安第斯山里。特别是西班牙人到来之后，被诅咒的游魂的传说得到了某种强化。

在安第斯山的一个小村子里，住着父子二人，父亲是很勤快的人，天不亮就催着儿子赶牛上山，儿子只好早早起来，太阳还没出来就赶着自己的牛出门了。他还没睡醒，头脑昏昏沉沉的，牛看起来也有点晕，梦游一般地在黑沉沉的雾里往前走。小伙子看到前头走着一个人，穿着黑色的袍子，他以为是哪位神父早上起来祷告，于是打了个招呼："神父，您早啊。"但是前头走的那个人没理他，小伙子只好又大声说了一句："神父，您起得很早啊。"前面的人回过了头，他的牙齿很大，跟猪的牙差不多，而且走近了才发现他的双脚不在地上，整个身子在空中飘着，脖颈已经腐烂，直往下掉蛆虫。那个人看到小伙子，慢慢地靠了过来。小伙子一下子完全清醒了，他心想大概是碰到游魂了，赶紧拽身边的牛的尾巴，让牛叫，他听老人说游魂最怕牛叫。游魂靠近的时候，牛群开始骚动，小伙子感觉到身边的牛的身体开始发烫，都快冒烟了。小伙子又使劲拽了一下牛的尾巴，牛痛得叫了一声，果然游魂显出害怕的样子，小声嘟囔着飘走了。看着游魂走远了，小伙子还抓着牛尾巴不敢松开，直到太阳出来，身子被太阳烤得热乎乎的，他才算缓过劲来。

很久以前，有个安第斯山的印第安人当脚夫，他带着主人交给他的四袋银子去另一个地方。安第斯山不比平原地区，行路没那么方便，所以不少人都雇脚夫送信或者传递东西。途中脚夫投宿在一个山里的小旅店，但不幸的是这是一家黑店，专门打劫脚夫。店主看到他腰间沉甸甸的，便叫来了当地的恶霸，合伙把他抢劫了，分了那四袋银子。这个脚尖苦苦哀求他们把钱还给自己，说如果他们抢了他的银子，以后不会再有人让他当脚夫了，而且他和他的儿子孙子都要给主人家做苦力才还得清这笔钱。但是黑心的店主和同伙根本不理会他，让这个可怜人哭着走了。店主他们很快就遭了报应。恶霸和他的妻儿暴死在家中，被人发现的时候身体已经开始腐烂了，不久后就有人在山里见到了他们的游魂。因为他们的灵魂和身体不被天地所接纳，所以只能一直在山间游荡。看到他们的人说，这几个游魂的头长在了牲畜身体上，叫起来声音凄厉。而那个店主也四肢瘫痪，不能动弹，家人也不给他送饭，最终饿死，死的时候骨瘦如柴，和一具骷髅差不多。印第安的脚夫们经常在夜里烤火的时候绘声绘色地讲起这个故事，来吓唬那些觊觎他们身上钱财的人。

在安第斯山的一些贫穷地区，死不是可怕的事。那些正常死士又没干过什么坏事的人，他们会在死前的一刻灵魂飞起，飞过那些他们生前快乐过和痛苦过的地方，他们会在河水中洗涤自己，到天堂去享受没有泪水的

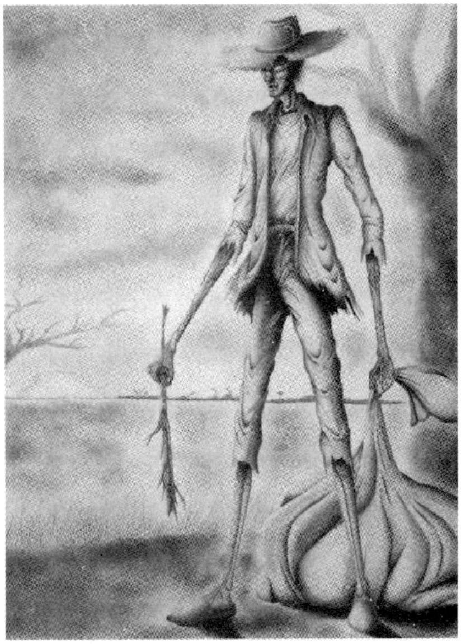

传说安第斯山中，有很多受到诅咒的鬼魂，他们生前干了坏事，罪孽不被神明宽恕，死后无法进入天堂，也不被地母所容

日子，所以安第斯山的人不害怕死亡，相反，他们认为人死后可以去一个随时能吃饱喝足的地方享福。但是如果去不成反而是一件很吓人的事情了，那意味着要变成在人间挨苦的游魂。“游魂”这个词说出来有很大威力，甚至印第安母亲吓唬年幼的孩子不要扯自己的头发，都会拿出游魂来吓唬，因为变成游魂的罪行似乎是可大可小，比如藏私房钱、抢劫，或者私通殉情、杀人越货，都可以变成游魂。貌似这个传说存在的意义就是把人们变成在土地上规规矩矩生活的人。

游魂的日子悲惨是众所周知的，他们阴暗猥琐，生活在墓地周围或者不见光的山洞里，每到夜晚出来，还要遭到上天莫名的鞭笞。游魂的形态不一，有的是变成人首的动物，有的则是身着神父修士一类的黑袍子，黑袍子游魂的眼睛是通红的，没有瞳仁。很多游魂不敢露出脸孔，怕被人认出来。游魂认为自己的灵魂丢了，所以想抓替死鬼，通过吃掉无辜灵魂的方式让自己得到解脱。据说游魂吃的是脑子的部分，因为那是人的灵魂所在的地方。如果是犯下乱伦罪行而成为游魂的，通常另外一半也保不住性命，因为游魂总是会把另一半也带走和自己做伴，好让自己不那么孤单。

有个孤苦的印第安寡妇，在安第斯山的一个小村子边上住着，一天到晚纺线，挣一点点钱维持生计。一天深夜，她听到敲门声，那时候正好是晚上 12 点，她也没留心，直接开了门。有个陌生男人站在门外，对她说：“夫人，您能帮个忙，帮我保管这个小包裹吗？我明天这个时候过来取。”这种事情在山间也是常见的，女人没有疑心，就收下了。陌生人走后，女人重新开始纺线。她在油灯下看着小包裹，很好奇里面是什么。于是她大着胆子打开了，结果她吓了一跳，里面是一截人骨。她吓得一宿没睡，天蒙蒙亮就跑去问村里的神父该怎么办。神父说：“你是不是在晚上 12 点的时候开门了？那是鬼怪出没的时刻。这个人很可能是个游魂。今天晚上他会过来索命，你去村里找三个男孩三个女孩今天晚上住在你家，他就无法吃你了。”女人照做了。果然，到了 12 点，游魂来敲门了。女人前后各两个孩子，左右各一个孩子，被孩子围得密密实实的，她伸手打开了门。游魂一见，知道不可能吃女人的脑子了，就用鼻子里的声音说：“很后悔没有昨天就吃掉你。”然后就愤愤地飘走了。关上门，孩子们吓得直哭，毕竟总听说游魂，亲眼看见的机会还不多。

安第斯山山民认为，如果在山中看到不敢露出自己脸的人、穿着长长的黑袍子的人、伸出手来没有皮肉的人，都有可能是游魂。

游魂也可以是女性。一天晚上，下着大雨，一个印第安农妇在屋里做饭，把两岁的孩子放在一旁。一个浑身湿淋淋的白衣女人敲门说想避雨，好心的农妇答应了，打开门，让她进来，顺手把孩子递给她让她帮忙看一会儿，自己回身继续做饭。过了一会儿，农妇觉得身后有咔哧咔哧的声音，她不禁回头看了一眼，这一看便魂飞天外。那个白衣女人满嘴是血，把农妇的孩子吃得只剩下腰以下的部分了。伤心的母亲忘记了对游魂的畏惧，提起一根柴火就打。白衣女跑了出去，躲进了牲口棚，因为游魂可以寄身在牲口上。这时候，家里的牛叫了，游魂最怕牛叫，于是她又从牲口棚里跑出来，在大雨之中跑得不知所终。

一天傍晚，一个年轻人在山路上碰到一个美貌的女人，在几番挑逗后，年轻人决定带着这个颇有风情的女人回家过夜，年轻人和女人颠龙倒凤，很是快活。太阳快要升起来的时候，女人说她要走了，小伙子舍不得，拉住她不让她走，女人慌了，坦言自己是个游魂，见不得日光。年轻人大骇，过了几天，他便枯竭而死。

还有一种游魂，更加可怕，被称为剥脂怪。在秘鲁和玻利维亚尤为盛行剥脂怪的故事。普通游魂碰到人，不一定伤害对方，但是剥脂怪一定会，因为他是个残暴的鬼，最喜欢干的事是把山路上的人用手撕了，取出脂肪。

欧洲人到来后，在安第斯山上采矿修路，剥脂怪的传说也随之广为流传。

剥脂怪是一种可怕的游魂，非常残暴，最喜欢干的事是把山路上的人用手撕了，取出脂肪

据说剥脂怪生前是个白人恶棍，拦路杀人，把印第安人的脂肪取出来卖钱，而且为了让路修得更顺利，他还杀死印第安人埋在路基里。他死后依然在安第斯山干着这种剥脂肪的杀人勾当。他的外形就是比较结实的普通白人的样子，眼睛和头发都是浅色的，看起来和怪物不沾边。但是他喜欢折磨人类，他习惯从背后攻击人，用利爪把人的皮肉从后背扒开，露出白花花的脂肪，然后用一个罐子收集起来。碰到剥脂怪一点儿办法也没有，只能等死。

对脂肪的迷恋在安第斯山是有传统的，脂肪被认为是动物最好的东西，象征着健康、力量和美，失去脂肪意味着失去了健康，安第斯山的人认为造物主维拉科查的名字的意思就是脂肪的海洋。在安第斯山的贫穷村落里，动物脂肪尤为珍贵，他们会献给大地之母或者维拉科查这样的主神。其实在西班牙人到来之前，安第斯山便有剥脂怪的传说，来源于各个部落为了争权夺利而互派刺客，这种暗夜里的刺客除了杀人，还会在杀人后设法剥下对方的脂肪，因为脂肪很珍贵，可以拿去祭神。

当西班牙人开始屠杀印第安人，当地人认为他们便是剥脂怪，而且还说他们剥掉印第安人的脂肪是为了滋养教堂的大钟，或者做成涂尸油献给白人魔鬼。直到现在，有些偏远地区的印第安人还相信有剥脂怪，他们认为剥脂怪为飞机和摩托车提供润滑油，为化妆品公司输送人的脂肪。总之，他们认为很多双阴暗的眼睛盯着印第安人的脂肪，电视上出现的一切都需要印第安人的油脂去滋润养护。这个误解导致有些国际援助项目在秘鲁和玻利维亚推进有困难，当地人认为外国白人是用食物骗孩子，把他们绑到一个秘密的地方，杀掉他们取脂肪。剥脂怪是古老的安第斯世界和外界接触时所产生的恐惧的化身，山民希望能抵制外界的诱惑，把安第斯山的道德和精神世界一直绵绵不绝继承下去。

第九章 逃离世界末日

过去都是假的，回忆是一条没有归途的路。

——马尔克斯《百年孤独》

巨人、白人和西班牙人

有些南美沿海地区流传神秘白色巨人的传说，这些巨人身高超过3米，脸孔苍白，好战嗜杀，他们暴虐地毁坏大地，和印第安人起冲突。巨人有很强的领地意识，常以山峰和大河为界，不许人类跨入自己的地盘。相传神在有月光的夜晚造出了他们，所以巨人的皮肤像月亮一样。神造巨人的初衷是为了给自己挖矿炼金，但是因为巨人性格过于鲁莽，难以控制，神又把他们消灭了。

秘鲁沿海地区的印第安人说，曾经有巨人乘坐巨舟从海上来，他们登陆后觉得此地不错，决定定居下来。这些巨人在当地人眼里和怪物差不多，一般人只到他们的膝盖那么高，巨人的眼睛像小盘子那么大，有的穿着兽皮，有的根本就赤身裸体。每个巨人都强壮得如同怪兽，他们可以徒手在干旱的土地上掘井，不管多么坚硬的岩石他们都能用手从中挖出泉水。巨

相传巨人乘坐巨舟从海上而来，登陆后决定定居下来，图为传说中巨人登陆的海岸

人打鱼捕猎的本事也很惊人，他们可以从海里捞出数不尽的大鱼，可以在一天之内把一片林子里的动物猎杀干净，因为巨人的食量也很大，是普通人类的50倍。巨人在当地大吃大喝的行为让印第安人很愤慨，因为当地的食物本来就有些紧缺，被巨人一破坏，他们只能饿肚子。但是这还不是巨人最可恨的地方，最让当地人不能接受的是巨人的性欲很强，经常强行和当地人发生关系，他们体形太庞大，当地人被他们压得粉碎。终于，天上的神看不下去了，降下天火把巨人烧死了，只剩下几块焦黑的骨头，没几年也风化了。巨人彻底消失，当年他们在海滩上留下的营地遗址存在了好多年，据说一些早期到南美的西班牙人还亲眼见过。

雨林里也有巨人的传说，这种巨人以食人为生，生活在雨林的最深处，他们的样子没有活人能看到，因为看到他们的人都被活吃了。传说有个年轻人每次出去打猎都两手空空地回来，村里的人都笑话他是个无用之人，说："你真没用，只怕连只乌龟都打不到。"这种嘲笑没完没了，年轻人的火气也一天比一天大，有时候气得连晚饭都吃不下。有一天早上他起得很早，拿上了自己的吹箭筒和弓箭就出发了，辞别了父母和兄弟，向他们保证自己这次一定带许多猎物回来，来证明自己是个有本事的猎人。他进了森林，这次他决定不选大家都走的老路，而是开辟一条新的路，看看能不能打到什么稀罕的猎物。但是村里的猎人走的老路是可以避免遇上吃人的巨人的，所以老路最安全，但是年轻人一心想证明自己，忘了村里老人和父母的叮咛。他在心里安慰自己说，不一定碰得上巨人，因为最近几年大家都在说巨人越来越少了。走着走着，前面的树木越发高大，就像巨人的粗腿，年轻人不禁又想起了巨人的传说。巨人和人类一样都会使用工具，他们还会编织猎网，设置陷阱，抓到人类后他们就用长矛叉上放在火上烤着吃。因为他们体形极为硕大，森林里高大的树木成了他们最好的伪装，有时他们站在你面前，你都无法发现。所以大家才会只走老路，不敢在森林里随意走。年轻人想着想着，突然发现前面有两棵大树挨得很近，他往上一看，原来是个巨人，就站在自己眼前。巨人缓慢地张开嘴，肥厚的嘴唇里肥大的舌头翻滚了几下，说出几个音节，好像是在问年轻人怎么敢到他的地盘来打猎。年轻人吓得脸都白了，身子动不了，手上的弓箭也掉在地上，还好他脑子转得快，想到了一个从巨人手中逃生的办法，他说："你别靠近我！我来自一个很爱吃巨人肉的部落，大家让我来探探路，你要是靠近我，我可能忍不住就把你吃了。"为了显示自己说的是真的，他还盯着巨人的眼睛一直看。巨人听了这话，有点害怕，但很快就怀疑这个年轻人说的话的真实性，巨人说："好啊，你陪我回我们巨人村，看看你能不能胃口大开。"年轻人为了不让巨人怀疑，只好跟着他走。到了巨人的村子，年轻人看到巨人的房子和人类差不多，只是高大得出奇，一伙巨人正坐在大树下聊天，还喝着东西。年轻人一下子看到这么多巨人，更害怕了，带他来的巨人嘲弄地看着他："怎么了，朋友？你饿了吗？"他转头对自己的同类说："这个小个子人类说他可以吃我们，我把他带回来，看他怎样吃。"一个巨人站起来对年轻人说："拿着这个水碗到河边打点水给我喝。你要是能吃我们，总能拿得动这个碗吧？快去，我渴了。"其他巨人都笑嘻嘻地看着年轻人脑袋上顶着一个大碗站都站不稳的样子，他们议论说等这小子回来就吃了他。到了河边，年轻人想着如何脱身，巨人看他有点磨蹭，大声催促他。巨人嗓门大，这么一叫，倒让他想出一个好主意。他开始在河边挖洞。另一个打水的巨人好奇地问他在做什么，他回答说："在我们村，不会浪费时间在打水上，我们会给河水直接改道。"巨人听了，有些害怕，不知这个小个子到底来自一个什么样的神奇部落，就说："你别挖了，还是让我按照我们巨人的规矩打水吧。"另一个巨人说："你要是这么神奇，赶紧给我折一把香蕉来。"年轻人抬头看了看巨人村的香蕉树，香蕉个儿很大，他的小身板绝对扛不起一把香蕉，于是他开始装作要跺脚的样子，巨人问他做什么，他说："在我们村，我们只要一跺脚，大地都颤抖，香蕉就这样全掉下来了。"巨人们听了很害怕，说："这个小子太厉害了，我们还是放他回他的那个厉害的村子吧。"还有个巨人建议再送他一些虎豹之类的猎物，省得他再回来。于是，两个巨人帮着年轻人扛着猎物，送他回村。快到村子的时候，年轻人怕他们发现真相，对他俩说："等我一会儿，我去拴一下我的两只恶狗，它们也喜欢吃巨人肉，省得伤了你们。"他回到家，对母亲说："待会儿你看到我回来，就大声对我说：'儿子啊，你带回两个巨人当晚饭啊，正好我很饿，我们赶紧开饭吧。'"他母亲照他说的做了，两个巨人一听，吓得扔下猎物就跑。就这样，年轻人如约带回了很多猎物，还用自己的勇气和智慧吓跑了巨人。

在印第安人的传说中也有一些是关于白人的，有的把白人描述为神，这种传说导致印第安人在刚看到西班牙人的时候不敢动手，因为他们的神话体系中有外来的白色的高大神明来统治他们的预言。还有一些关于白人的传说产生于西方人到来后，他们的肤色、贪婪和残暴都成为部落神话的一部分，并被加以嘲弄。

秘鲁印加人的传说中，创世神维拉科查就是一个大胡子白人，而他创造出来的部落里的人都和他自己一个模样，但是这些白色的人都死于早期的战争。哥伦比亚奇伯查山谷的传说中，神派来教导人类的太阳神博基卡也是白人的样子。所以，在白人来到这片土地前，印第安人对白人的样子是有神的幻想的。甚至在白人到来的初期，他们对白人的印象也还不坏。

有的丛林部落里的人认为白人是印第安女人和动物生出的怪人。传说部落里有个漂亮姑娘，人见人爱，男人都想娶她，她指着一棵树干光滑的大树说谁能爬上去她就嫁给谁。男人们都去试，但是没有成功。最终爬到树顶的是一只鬣蜥，姑娘如约做了鬣蜥的老婆。其他男人很嫉妒，设下各种圈套要杀死鬣蜥，姑娘只好和鬣蜥丈夫跑了。他们在遥远的地方生下了

印第安人认为鬣蜥是白人的祖先

孩子，皮肤非常白，就是所有白人的祖先。这个故事对白人的描述比较温和，因为这个部落在一开始的时候和白人相处得不错，所以没有丑化白人，但是到了后来，白人在这个印第安部落的土地上作威作福，当地人不堪其扰，纷纷逃到查科地区，不再回来了。

另有传说认为白人是印第安处女和山里的动物生下的孩子，因为印第安人并不轻视动物，很多印第安部落认为部落的祖先就是女人和动物的后代，所以这样的传说并非侮辱。后世民俗学家认为这些早期印第安神话中的白人很可能是得了白化病。在奇伯查北部沿海地区，有个印第安部落，外面的人叫他们昆纳人，他们也被称为白种印第安人。部落里不少人皮肤苍白，头发是浅色的，身材比较高大，从远处看，他们就像白种人一样。但是不幸的是，因为遗传的关系，这个地区是白化病的高发区，这些人不过是得了白化病。在当地经常可以看到黑发棕脸的妈妈抱着一个金发白面的孩子，印第安人认为这些得了白化病的孩子是月亮的儿子，是被赋予独特力量的人，也可能是替月亮神教导人类的，所以他们很尊重这些白皮肤的人，在挑选斗士和萨满时，白色的孩子更容易被选中。在满月的夜里，敬畏月亮神的昆纳人会惊慌，他们害怕月亮的力量过于强大而导致太阳无法在第二天出来，这时他们让这些白皮肤的印第安孩子向月亮射箭，以削弱月亮妈妈的能力。

随着白人在南美土地上不断杀戮，关于白人的传说就没那么好听了。尤帕人说部落里有个聪明但是心眼很坏的女孩，干了不少坏事，大家对她百般教化均无效，无奈只得把她赶出部落。女孩找到了一艘小船，在大海上漂来漂去，海浪让她受孕，在船上生下了第一个白人。女孩带着孩子到了对岸的大陆上。后来白人在另外一片大陆上越繁衍越多，终于有一天，邪恶女孩的后代们带着会喷火的武器回来了，来惩罚印第安人。亚马孙印第安人认为白人是魔鬼或者怪物，他们编出故事讲述白人奇怪的外形和贪婪的性格是怎么来的。欣古河流域有个传说，有个贪吃的男孩总是向妈妈和其他人要吃的，而且还利用自己的弟弟去要吃的，要到之后又不分给弟弟们，自己吃独食，被他骚扰的邻居不胜其烦。妈妈决定教训他。妈妈割下自己的肉藏在零食里给他，贪吃的孩子把这块肉咀嚼了很久，一直嚼不烂，他才意识到有点不对劲，但是他的肚子已经开始发胀，最后变成了一只癞蛤蟆。知道妈妈在惩罚自己，他很伤心，一个人跑到森林里去了，他把妈妈的肉变成了女人给自己做伴。这个男孩也会法术，当他在森林里遇到村子里的人，就施展法术把对方的头发变长。这一招很讨村里人的喜欢，他们纷纷跑到森林里找他把头发变长。不胜烦扰的男孩把森林里的河流变成了大海，把自己和老婆变成白人住在对岸。

贪婪是印第安人对白人最为深刻的印象。在白人到来之前，委内瑞拉的印第安人诗意地将珍珠描述为月亮的泪水，而西班牙人到来后，他们看到这些人为了珍珠大肆屠杀、奴役他人，遂改了口，说珍珠是恶魔的口水。白人对印第安最为珍视的土地并不尊重，于是印第安人说，有个印第安女孩看到一只大毛毛虫，就爱上了它，女孩后来生下了一只毛毛虫孩子，孩子不吃她的奶，却饮她的血，把她的血都吸干了。女孩死状极惨，村里人见状要烧死毛毛虫孩子，但是他却从身体里变出了好多毛毛虫，烧也烧不尽。这些毛毛虫把森林和大地蛀得不成样子，后来它们变成了白人，把印第安人从自己的土地上赶出去。

在面对白人时，印第安人对自己的肤色没有自卑。哥伦比亚有个传说解释为什么人有不同的肤色。从前所有的人都是黑色的。有一条奶河，里面流淌着白花花的牛奶一样的河水，第一个部落的人跳进去了，他们的肤色被洗白了，和奶河一样白，他们就是白人的祖先。第二个跳进去的是印第安人的祖先，这个时候河水有点脏了，所以他们出来以后就是黄色的皮肤。最后进去的是黑人的祖先，他们只把手掌心和脚掌心洗干净了，但是因为河水已经黑了，所以他们的皮肤就和原来差不多。

西班牙人到达秘鲁后，他们很快成了当地传说中的主角。安第斯传说中有个夜晚出来的巨人，叫夜魔。和游魂、剥脂怪不同，他只是吃人，不取人的灵魂或者脂肪，所以当印第安人看到西班牙人杀人成堆的时候，认为他们是夜魔的同伙，尸体是供奉给夜魔吃的。夜魔生活在洞穴中，不能见光，矿工打洞的时候有时候会不小心进入夜魔的洞，被他吃掉，所以夜魔也是采矿人的噩梦，他们不让神父进入矿区，因为神父的黑袍子可能招来夜魔，带来死亡。

预言、死亡和混血王子

秘鲁的印加人是南美印第安人发展最兴旺的一支,印加人以迷信著称，对自然界的各种信号所代表的吉凶深信不疑，认为都是上天传递下来的警示。大约 1512 年的时候，第 12 代印加王瓦伊纳在库斯科中心广场上率领群臣祭祀太阳神的时候发生了一件怪事。在众目睽睽之下，一只天上飞的安第斯山鹰被五六只游隼追着啄，山鹰不敌，从空中掉下来，正好掉在了印加王和群臣之间，就这样摔死了。山鹰是印加帝国的象征之一，这个信号无疑是个凶兆，臣子们议论纷纷，都说只怕不久的将来帝国将会有流血和内战，而此事发生在太阳神祭典上，意味着印加帝国国祚不保，太阳神的信仰也会被某种强大力量所摧毁。

其实，在山鹰事件之前，印加帝国就发生了不少奇怪的事情。大大小小的地震不断，树木成片死亡。在海边的印加人也发现，涨潮次数明显增多。更为骇人的是，月亮周围多了三道圆环，第一道是血液一样的红色，第二道是黑绿色，第三道如同烟雾，有点看不清。印加王瓦伊纳找来占卜师解释天象，占卜师流着泪说，这是上天示警，印加帝国要亡了。他解释说，第一道红色的圆环昭示着战争和鲜血，当这一代印加王去太阳神那里安息后，他的儿子将同室操戈，血流成河。第二道黑绿色的圆环意味着在内战之后帝国灭亡，土地落入外族之手。第三道烟雾一般的圆环预示着现在强大的帝国、对太阳神的信仰、辉煌的神庙，这一切都化成烟雾，直至消失。瓦伊纳听了，暗暗心惊，但是他还是装作不在乎的样子对占卜师说："你觉得太阳神会这样惩罚自己的子孙吗？"

时间过了三四年，也没发生什么事，大家对亡国之说也渐渐遗忘。印加人解释说大约是太阳神又改变了主意，之前的天象不过是警告罢了。但是，印加帝国内部派系林立，之前山鹰死在太阳神祭典上的事情又被翻出来了，瓦伊纳还听说有一伙白人鬼鬼祟祟在海边活动，他为所有这些消息心烦意乱。

一天，瓦伊纳去湖里洗澡，没想到着凉了，很快开始发烧，这时候天空出现了绿莹莹的彗星，不祥的天象又来了，这些凶兆让占卜师和祭司们十分惊恐，只怕印加帝国在劫难逃。瓦伊纳听到各种流言，又急又气，一病不起，弥留之际，他对身边的儿子们说："很久以前有一个预言，说的是印加帝国 13 代而亡。我们的国土上会出现一些从未见过的人，取代我们去统治这片土地。这些年上天示警不断，我想他们可能已经来了。既然是天命，就不要违抗，顺从他们吧，避免流更多的血。"他身边的儿子中就有后来通过内战上台的第 13 代印加王阿塔瓦尔帕。

瓦伊纳死后，印加帝国果然陷入了内战，他和基多部落公主生的阿塔瓦尔帕打败了同父异母兄弟瓦斯卡尔。瓦斯卡尔之前已经清洗了一批印加贵族，而阿塔瓦尔帕作为外来公主所生的王子本身在库斯科没有根基，更是大肆屠杀，清扫政敌，印加帝国由此元气大伤。后来的故事被史书撰写过多遍，阿塔瓦尔帕中了皮萨罗的圈套被俘，如约缴纳金银赎金后被杀，一小支西班牙队伍就这样控制了整个庞大的帝国。

西班牙人能如此长驱直入有个重要的原因是他们身上携带了天花等来

自欧洲的病毒，让印第安人陷入了死亡的漩涡。病毒比西班牙的火器更可怕，印第安人成批死去。其实在阿塔瓦尔帕被杀之前，在沿海活动的西班牙人已经把天花病毒带到了这片土地上，据说第 12 代印加王瓦伊纳和他最初指定的继承人都是死于天花。这种病毒在美洲大陆上从未出现，所以印第安人身上没有任何抗体，染上了唯有死路一条。

印加帝国陷入了凄惨的景象，成百上千的印第安人同时死去，田地荒芜，尸体在棚屋里堆积成山，没有人种地了，牲畜也无人打理，大家纷纷逃离疫区，但是到了荒野，他们又被饥饿折磨，活活饿死。天花、伤寒、感冒、麻疹、白喉夺去近 90% 的印加帝国核心区的人的生命。印加人彻底慌了，他们认为宇宙的秩序被白人破坏了，印加王是太阳神的儿子，他的被杀造成了天塌地陷的结果，世界末日就要来了。很多人不想被动等待末日的降临，他们认为应该推动末日尽早到来，这样宇宙可以重生，印加秩序可以重新建立。

从 16 世纪 60 年代开始，一些印第安激进分子预言世界末日临近，他们围绕着圣地华卡跳舞，让古老的神明附身，据说这些神明可以把白人的神赶出去。西班牙殖民者镇压了这场运动，把领导人流放了。

印第安人围着华卡的舞蹈更像是一种绝望的呼唤，而一名印欧混血儿把反抗延续了下去。18 世纪初，传奇人物胡安·桑托斯开始了另一种对抗。他在 1742 年自立为王，要把西班牙人和黑人从印加人的土地上赶出去。他的来历成谜，据他自己说，他出生在库斯科，母亲有印加王族血统，父亲是西班牙人，他从小跟着一名神父生活。胡安·桑托斯极为聪明，他的身世放下不提，他的语言天分是他能鼓动各个部落跟着他一起反抗的原因，他精通欧洲史和印第安人的历史，会讲西班牙语和欧洲上层社会的拉丁语，还会说克丘亚语和很多部落的语言。据说抚养他长大的神父曾经带他去过欧洲和非洲传教，算得上见多识广。回到秘鲁后，胡安·桑托斯跟着耶稣

18 世纪初，印第安传奇人物——胡安·桑托斯

使团进入丛林地区，看到了西班牙人在当地的屠杀和暴政。他迷茫了，就像很多印欧混血儿一样。西班牙人如同父亲，印第安人如同母亲，父亲对母亲的残暴该如何破解？胡安·桑托斯这个时候犯了个错，没人知道这个错误是什么，总之他被教士们赶出了耶稣使团。在丛林里，他碰到了一个部落的老萨满。老萨满给胡安·桑托斯指了一条明路，让他自称是印加王的后代，帮助印第安人把土地抢回来。

老萨满把他带回部落，丛林里的印第安人好奇地打量着这个混血儿。他年纪在30岁到40岁之间，穿着印第安人的披风和雨林地区人的宽褂子，脖子上挂着包着银边的木头十字架，个子很高，肤色和当地人一样，像烤焦的面团，头发很整齐，学欧洲人的时髦样扎一条小辫在脑后。那位老萨满说，他是印加王阿塔瓦尔帕的后代，是新印加王；这位新印加王懂西班牙语和拉丁语，还会讲很多部落的语言，简直就是维拉科查为印第安人量身打造的救世主；他将把西班牙人赶出去，把印第安人从奴隶的地位中解救出来；如果不支持他，上天会降下止不住的大雨，直到把山峰都冲毁。

胡安·桑托斯此时改名为胡安·桑托斯·阿塔瓦尔帕，他成功地统一了几个部落的意见，宣布首先抛弃西班牙人的公历，把印加人的时间重新转动起来，改为印加历，生活和饮食习惯也按照过去的来，一切崇尚印加精神。部落的人十分兴奋，他们厌恶西班牙人破坏了他们部落里的渔猎生活和一点儿脆弱的农业，更恨他们强迫自己迁徙到平原地区从事繁重的种植业。他们制造了好多武器，把西班牙人当成大型猛兽来对付，他们制作的弓弩用很粗的木头作为箭，人要是中了箭，会血流如注，很快死去。

胡安·桑托斯得到了印第安人的支持，他甚至声称同样取得了英国人的暗中相助，一艘英国船就在秘鲁沿海待命，准备随时帮助他。他的目标是把西班牙人和黑人奴隶都赶出去，重新建立一个印加帝国，但是他又说新的印加帝国的国教将是天主教。他希望成为秘鲁国王，由罗马教廷直接委派教士，而且他要求辖区内可以任命印第安人为神父。胡安·桑托斯绘制的路线图是先占领雨林地区，然后是山地和沿海，最终在利马称王。他的各个部落拼凑出来的军队还是很厉害的，殖民政府派遣了军队进行围剿，但是由于装备不足，无法适应印第安人的丛林游击战。西班牙换了两任总督都没解决。但是因为缺乏统一管理，占领的土地很难守住。胡安·桑托斯曾控制了秘鲁雨林中部的广阔土地，但未能再扩大，而他本人也在1756年神秘消失了。群龙无首，反抗也就自动瓦解。印第安人对这位混血王子还是充满好感，他们说胡安·桑托斯是被西班牙人杀死的，死后化作雀鹰，继续守护印第安人的土地。

这段历史折射了印欧混血儿与欧洲白人之间越来越激烈的矛盾。本土混血儿在被奴役后更加维护自己的印第安血统，他们也认为外来的白人是囚笼中的魔鬼所化，是萨满和英雄要去击败的对象，在打败了外来的白人之后，这片南美大陆的宇宙才能回到过去的平衡。

遗忘、逃离世界末日和新世界的开始

印第安人最怕的不是死，而是忘记。白人的不断入侵让印第安本土文化渐渐凋零。有个故事，说的是村里来了个响尾蛇变成的白人，在村里盖了结实的房屋，还在屋外放了很多瓦盆，盆里有各种各样的好玩意儿。一个老人经过房前，白人拦住了他。白人叫老人不要害怕，还热情地给了他许多礼物，叮嘱他喊村里的人一起到他家玩。老人照做了，白人很大方，给来的人每人一头牛。大家在屋外狂欢了一夜，都睡在了屋外。第二天早上，白人把孩子们都叫起来，让他们进屋去挑选自己喜欢的礼物，孩子们叽叽喳喳地挤进了门。白人马上把门关上，把孩子都变成了白人，他还拍打他们的头，这样他们就忘了自己的父母和村子，成了天主教教徒，不再相信森林的灵和天上的主神。

当天主教的脚步离丛林越来越近的时候，当新的信仰可能动摇部落根基的时候，部落里的萨满说："我们现在的土地已经老了，应该去寻找新的土地。"有不少部落的萨满都这样说，他们说有片神奇的土地，那里的庄稼不靠太阳也能生长，人们可以按照原来的方式继续生活，那里的宇宙秩序依然是过去的，没有白人带来的高头大马，弓箭依然是最神奇的武器，所有的印第安法器在那个世界依然奏效，所需要做的就是像当年的瓜拉尼神话英雄谷拉博第一样，一直跑到天上去。

瓜拉尼人说，神在创造了大地和人类后就开始休息了，他叮嘱人类要在大地上辛勤劳作，这样才有收成。神累了，倒下睡了三年，等他再次苏醒的时候发现人类没有劳作干活，而是仗着物产丰富，终日唱歌跳舞。神决定警告世人。神选中了勤劳的谷拉博第来拯救人类，托梦给他，告诉他大地马上就要朝着太阳落山的方向倾斜，世界末日即将到来。开始，谷拉博第还将信将疑，直到他听到天上滚雷不断，像是雷神在给人类警告，而大地也开始不断抖动，果真像神在梦中所说的那样，大地开始向西倾斜。他赶紧回村，带着村里的人向东跑。到了东边，谷拉博第说："神告诉我，先盖一间能容纳所有人的大屋，在这里安顿下来。"儿子问此地会不会有危险，谷拉博第说："神说，此地在一年之内是安全的。"过了一年，大地再次颤动，比以前更厉害了，而且地下已经冒出了恶鬼，恶鬼什么都往嘴里放，最后开始吃人。谷拉博第赶忙带着人们跑回大屋，祈求神的帮助。神让屋子离开地面，越升越高，飞到了天上的乐土，而谷拉博第带着村民在乐土上生活，他们辛勤劳动，再也没有触怒过神。之后，神用烈火和洪水毁了大地上的一切，又重新创造了一批人类，就是瓜拉尼人的祖先，但是大地已经没有之前那般肥沃，人们经常吃不饱。瓜拉尼人世代相传英雄谷拉博第和乐土的故事，这个故事让瓜拉尼人有了寻找神话中的土地的传统。每遇天灾，瓜拉尼人就会短途迁徙，但是他们中的大多数人还是会半

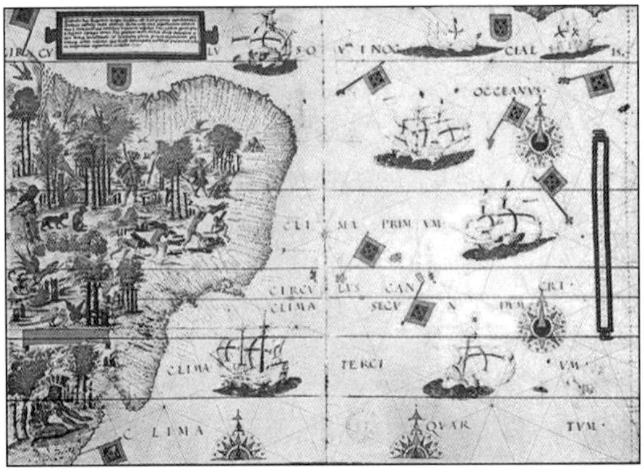

印第安人相信乐土就在彼岸

途而废，回到家乡。

在死亡和遗忘的恐惧之下，很多印第安部族想起神为他们保留了天堂。不少南美南部部落的人认为，遗忘或者改变印第安的宇宙法则和生活习惯是重罪，无法飞升到天堂上。但是有个弥补的办法，那就是神在海洋的另一端为印第安人准备了一个没有任何邪恶、完全符合印第安人生活法则的天堂，人们在那里可以永生。

西班牙人强迫瓜拉尼人为自己开矿，在危险的劳作之下，很多人命丧矿山，他们称矿井为吞噬人命的巨嘴。瓜拉尼人还被奴役种棉花，干繁重的农活。残暴的葡萄牙人还曾把瓜拉尼人驱赶到树林里，把他们当成动物打猎取乐，或者把他们运到巴西北部去种甘蔗。由于无法忍受非人的虐待，1515 年，瓜拉尼人的一个部族在萨满的带领下开始寻找天堂乐土，逃离世界末日。在此后的几十年里，大批印第安人都认为世界末日将至，他们开始跨越整片南美大陆去寻找天堂，在这场寻找天堂之旅中，面对欧洲病毒的侵袭和不断的战乱，他们几乎集体灭绝。曾有部落在 18 世纪的时候走到了巴西东海岸，面对无法跨越的大西洋，他们只能回来。后来，也有的部落的萨满宣称要寻找宇宙的中心，但是也未能成功。这场寻找天堂的运动几乎一直持续到 20 世纪初。

在刚发现印第安人的时候，欧洲人对解释《圣经》犯了难。《创世记》中记载，除却挪亚方舟上的人和动物，其他活物全部死于大水，那么人类和动物是怎么跨越太平洋的呢？耶稣会传教士何塞·德·阿科斯塔说，任何印第安的起源都不能和《圣经》有所冲突，于是各类学派给出了热心的解释，其中被广为接受的说法是以色列国那“失踪的支派”，这个犯下大错的悔过的支派最终“来到了一片从未有人居住过的土地上，他们希望那里遵守自己曾经没有遵守的律法，他们言出必行，离开后再也没有露过面”。但是最终，白人把印第安人的世界变成了地狱，不管这个地狱是何种宗教

印第安文明在这片大陆上慢慢褪色

的。印第安人的乐土从未也将不会被寻到。

传统印第安世界的瓦解开启了新世界，从美洲运出的白银让欧洲骤富，从美洲移植出的物种让世界得以饱餐，冒险把世界的一头和另一头联系在一起，全世界在急剧地汇流在一起，一个稳定的、顺从天命的世界被这股洪流冲得七零八落，取而代之的是由种植园主、船长、士兵、水手、奴隶、妓女组成的世界，印第安人的美德和生机被野心和特殊的腐朽所吞噬，神明也无能为力。

第十章　冰与火的土地

没有人会把原子弹丢到火地岛

——布鲁斯·查特文《巴塔哥尼亚高原上》

互相厌恨的日月

火地岛是一个句号，古代人类迁徙至此，便无法再向南前进，极度寒冷和布满碎冰的海面阻挡了他们。三万年前，第一批人类经巴塔哥尼亚来到火地群岛，他们看到的是冰与火的岛屿。靠近南极，火地岛自然是寒冷的，但地热又让这些岛终日不断蒸腾着炼狱般的热气。这批人在此地生活下来，分化成了几个不同的部族，生活在最大的主岛上的有四个部族，分别是奥纳族、豪图族、雅干族、阿拉卡卢夫族，这些部族以渔猎为生，在苦寒之地熬岁月。羊是最后登上这个岛的物种，但是繁衍生息十分兴旺，后来竟成为火地岛的标志，以至于人们日后提起火地岛，都会说："哦，那个养羊的岛。"火地岛因为地处偏远，它的神话体系没有受到以西班牙为代表的欧洲文化的影响，因此被看成是最原汁原味的南美神话。

1520 年，航海家麦哲伦发现了火地岛，他用自己的名字命名了岛屿和

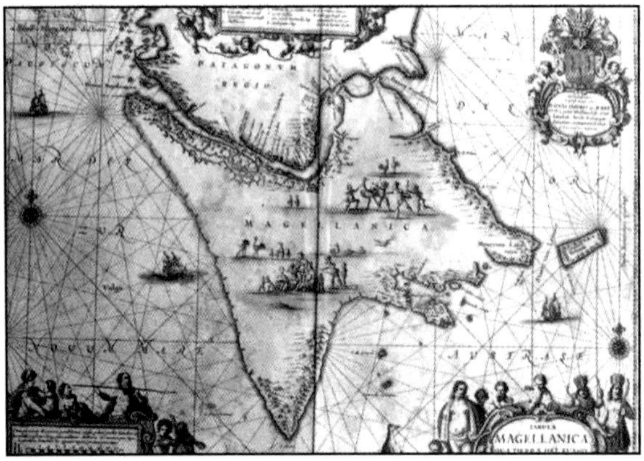

火地岛古地图

南美大陆之间的海峡，即麦哲伦海峡。就连火地岛这个名字也和他有关。据说他在船上看到岛上升起烟，本欲将此岛命名为烟之岛，但同伴说有烟必有火，火地岛由此得名。麦哲伦船队的船员在环岛航行时在北岸发现了搁浅的鲸鱼，又在南岸发现了当地印第安人的尸体，判断他们死于部族冲突，感到危险的麦哲伦和他的船员没有登上火地岛，只留给西方世界此岛的名字和寻找它的路线，但他们对岛上的生活一无所知。

奥纳族是岛上最大的部族，在外部文明到来之前一直靠打猎为生，民风剽悍。奥纳神话中的神的生活和人类息息相关，尤其是太阳神和月亮神，他们是一对相爱相杀的夫妻，而且各不相让，最后到了不再相见的程度，他们的关系也直接影响到奥纳男人和女人之间的关系。

相传很久以前，太阳神克伦和月亮神克雅还没有上天，两人都生活在奥纳人的土地上，男人尊克伦为首领，女人则奉克雅为主。克雅比较强势，不大尊重丈夫克伦，连带奥纳的女人都威风起来。在那个时候，女人仗着克雅的宠爱对家里的男人呼来喝去，如奴仆般使唤，派男人去干最脏最累的活儿，她们自己则留在家里干一些轻省的家务。女人们相互约定不给男人好脸色，她们经常在男人面前板起面孔，做出不可一世的样子。看到男人对自己恭顺的样子，女人们越发得意起来，她们进一步散布说自己拥有来自地狱的可怕力量，每个女人都是半神，月亮神克雅让她们统治男人，而太阳神也是同意的。

为了显示自己的特殊地位，奥纳女人有个专门的拜月仪式，在一个华丽的兽皮制作的大帐篷里秘密进行。女人对外宣称自己在仪式中会显出神的面目，男人决不许看到女人变成神的样子，否则会招来厄运，所以整个仪式要在帐篷里进行。每到拜月仪式的黄昏，男人们只能眼巴巴看着女人用红白两色的颜料细细地在身上画上彩绘，戴上精美的羽毛帽子，走进帐篷里。夜晚，帐篷里透出火光，还能隐约听到女人的说笑声。

一天，三个胆大的奥纳年轻男子想知道女人们在拜月仪式上到底做什么，为什么女人是半神而男人不是，他们对女人的神秘世界再也按捺不住好奇。他们心里想着这些问题，就管不住自己的腿，情不自禁走到了那个秘密的帐篷外。他们能清楚地听到女人在里面说话，还有咂摸嘴的声音，听起来像是在吃饭聊天。他们鼓起勇气，一点一点靠近帐篷，用发抖的手轻轻掀起了帐篷的皮子接缝处，用一只眼睛往里瞅。不看则已，一看可气坏了，哪里有什么神，只有村里的一群女人围着火烤东西吃，她们把家里平时舍不得给男人吃的美食都拿出来一起分享，吃得满嘴流油。三个年轻人轮流看到了帐中的情形，这才知道原来男人一直被女人愚弄欺骗。这口气他们咽不下去，其中一个人打了呼哨，通知所有的男人过来。村里的男人来了，因为不知道发生了什么，手里还拿着武器。三个年轻人把事情讲给他们听，男人都愤怒极了，用石头和棍棒把帐篷里的女人一个不剩地活活打死，不管女人怎么求饶，男人都不肯放手，直到把她们都砸成肉泥。女人的庇护神月亮神克雅很快就知道了，她愤怒地准备向男人复仇，但是她的丈夫太阳神克伦阻拦了她。克伦一直觉得克雅和女人们做得很过分，男人的反抗也给了他制服恶妻的勇气，他狠狠打了克雅一个耳光，把她推倒在炭火上，在她脸上留下了烫伤的痕迹，所以以后月亮出来的时候，大家能看到她原本皎洁的脸上多了很多灰色的斑点。

当杀完帐中所有的女人，男人们开始冷静下来，看着满地尸首，他们也被巨大的悲伤击中了。他们的母亲、妻子、女儿都死了，村里只剩下一些年幼的女孩，她们还没到参加仪式的年纪，所以幸免于难。男人决定带着幼女离开这个伤心地去别处生活，他们一直往东，因为相传东方是世界结束的地方。他们在荒芜的东部待了很久，为死去的女人哭泣，也为自己的孤独哭泣。

当幼女们长大成为女人，男人们才决定回到家乡重新开始，但是奥纳人的生活再也回不到从前了。太阳神克伦决定建立新的秩序，让男人统治女人，之前的仪式也恢复了，不过参加的人只能是男人，女人只能战战兢兢地服从男人，不能再聚在一起享受美食。

月亮神克雅觉得遭受了屈辱，她跳到海里，游到天边，顺着大树一直爬到天上，宣布自己从此再也不回地面了。她觉得自己快气炸了，丈夫给男人撑腰，让男人统治世界，自己在人间颜面尽失。偏偏这个时候，太阳神还火上浇油地跟着她上天，嘲笑她脸上被炭火烫出来的伤疤。为了避免见到讨厌的丈夫，克雅只好晚上出来，她的性格也变得更加阴晴不定，每月都变换自己的脸孔，当心情好的时候，就露出整张脸，当想起丈夫笑话自己的时候，就愤愤地把大半张脸藏起来。

克雅也记恨上了奥纳人，只要一有机会，她就会偷奥纳人的孩子。奥纳人很害怕，满月的夜晚不敢让孩子离开帐篷，也不敢和女人欢好，怕破坏了月亮神的好心情。

月亮神这样任性也让奥纳人生气，怒气积累到一定阶段，他们也会举着拳头对着月亮吼，诅咒月亮，让她滚远一点儿，不要再带来涨潮、风暴和疾病。看到奥纳人厉害起来，月亮神也心虚，乖乖地躲开几天，但是她只会消失几天，很快会再回来。有时候，月亮发黑，像是被仇恨染黑了，奥纳人赶紧向太阳神祈祷，希望不要带来霉运。奥纳人对月亮又怕又恨，月亮的变化会引发他们的各种不安，有时候他们认为月亮神克雅瘦了，必须靠吃人才能变回圆形，所以要小心，不要被她吃掉。

黑色天穹下的英雄

在火地岛上生活的奥纳、豪图、雅干和阿拉卡卢夫四个部族中，奥纳和豪图是陆地上的猎手，雅干和阿拉卡卢夫是独木舟上的渔人。这些部族会制造弓箭，穿着羊驼毛的斗篷，或者围着海豹皮的遮羞布，信奉苔原和巨石精灵。这四个部族在远古时代有过持续的战争，越打仗，人口越少，食物也越来越少，四个部族的酋长意识到不能再打下去了，最终的结果只会是四败俱伤。酋长们在一起商量之后，决定各自祭拜主神，然后进入梦境，在梦里和神相见，获悉神的意旨。在梦中，神把地上的动物给了奥纳和豪图，让他们可以用弓箭射杀它们，填饱肚子，但是这两个部落必须放弃控制海洋的权力；神把海里的鱼给了雅干和阿拉卡卢夫，让他们划着独木舟在星罗棋布的小岛间生活，但是不得伤害陆地上的任何一头野兽。神把四个部落的地盘划分清楚，让他们不再有新的战事。

在以海为家的阿拉卡卢夫人的故事里，海神考科斯是最强大的神，他和妻子生出了很多鲸鱼女儿。为了让女儿们生活得舒服，考科斯创造出了看不到边的海。为了让大海少些风浪，海神和风神又打了好多年的仗，很多神都被卷入了战争，神之间杀来杀去，导致火地岛有的河水是红色的，据说那都是神的血染红的。

火地岛四个部族的人一致认为，海狮海豹都是人变的，因为当年众神没有平衡好土地和海水的关系，导致大洪水暴发，人只能跳到海里变成海里的动物。

因为神不那么可靠，所以火地岛人更相信自己本民族的英雄。奥纳人的主神是开天辟地的特茅克神，但是这个创世神虎头蛇尾，只完成了创世的一半工作，也没有造人。真正完成伟业的是一位叫科诺斯的天降英雄，与其说他是个神，不如说他更像是个民间英雄。科诺斯出生在天穹之外，无人知道他的父母是谁，据说他顺着绳索到了地面，在他落到地上的一瞬间，绳索就化成灰烬，神这么做就是为了不让他回到天上。科诺斯第一眼看到火地岛就不喜欢。因为那个时候海神说了算，所以陆地上光秃秃的什么也没有，四周是大海，于是科诺斯造出了高山、峡谷和山涧，有了高低起伏，火地岛看上去好看多了。但是那个时候天永远是单调的一个颜色，从早到晚每一时每一刻光线都没有变化，科诺斯造出了太阳神克伦和月亮神克雅，让他们结为夫妇，他让太阳神克伦在中午的时候必须发出最强烈的光芒，在下午的时候要慢慢离开火地岛，把光照的任务交给月亮神克雅。

有了光照，但是天和地之间距离很近，地上的树木因此都长不高，科诺斯又用自己的肩膀把天使劲往上托了托，抬到了现在的位置，大树想长多高就长多高了。这时，他算是完成了任务的第一步。

科诺斯觉得这个他改造过的世界很美，应该创造出一种生物配得上这样的美景。他弯下腰取了两块泥巴，捏成了男女生殖器的模样，轻轻地放在地上。科诺斯又想了想，弯腰把男性生殖器官放在女性的上面。到了夜晚，他走了，而留下的男女生殖器官开始了活动。第二天早上，科诺斯回到原地，看到一个新的物种，那是第一个奥纳人。第二天晚上，人变成了两个。每过一天，人就多一个，很快岛上就有了好多奥纳人。科诺斯又跑火地岛的北边去，挖了白色的泥土，用同样的方法造人，所以奥纳人分两种，深色皮肤的和浅色皮肤的，前者认为自己更高贵，因为是先被造出来的。如果有冒失的人问为什么奥纳人是这个样子，奥纳人就回答：科诺斯把我们造出来就是这个样子的。

科诺斯很喜欢说话，但他造出来的奥纳人不会，所以一开始只是他一个人说话给奥纳人听，他觉得一个人说话很寂寞，就给了奥纳人说话的本事。奥纳人学会了说话，掌握了语言，十分兴奋，一天到晚说个不停。19世纪末，居住在马尔维纳斯群岛的英国牧师布里奇里来到火地岛，抱着传教的目的，他开始收集当地人的语言，编纂词典，最终收录三万两千个词语。当地人对事物的描述与火地岛的一切息息相关，用海蟹旧壳换新壳的时节来定义沮丧，春夏之时冰雪融化，褐色的土壤露出，仿佛一块一块的伤疤，所以，雪融与伤疤是同一个词，这样的词汇迷宫让布里奇里头晕脑涨，这一层又一层的隐喻揭示了印第安人简单而深邃的精神世界，他们用一个词

火地岛人为科诺斯设计的形象

就表达了“两个同样抱有做某件事的决心但都不愿着手行动的人”的意思，凝练如同一部微型小说。

科诺斯还教奥纳人做爱，而且立下了两性相处的伦理道德，男人不能抢别人的女人，女人也不能和不是自己丈夫的男人睡觉。这样一来，科诺斯第二阶段的任务也完成了。

不知不觉，科诺斯和奥纳人一起生活了好多年，他累了，想好好睡上一觉。心念一动，就打起了哈欠，他躺下便睡，三位奥纳老人陪在他身边。科诺斯这一觉就睡了好久，老人们中途几次想叫醒他，但怎么也叫不醒。不知过了多少年，科诺斯睁开眼醒了，一直陪伴他的老人发现天神一样的科诺斯脸上满是皱纹，头发也白了，已经是老态龙钟。他们四个商量了一下，反正大家到了快死的年纪，不如大家一起躺在地上，等着死亡的降临。于是，四位老人躺成一排，他们越等越心焦，但死亡总也不来。科诺斯听说北方是一片白茫茫的大地，很适合作为人生的终点，他决定带着三位老人到北方去求死，老人们也同意了。他们四个人都老了，走得很慢，路上的人问他们去哪里，他们永远回答一句话：“去远方，把命扔掉。”到了北方，他们惊讶地发现北方并不是蛮荒之地，相反人烟稠密。这四个外乡老人只好躺在路边，请北方人给他们盖上原驼皮的披风，让他们继续睡去。这一次，他们停止了呼吸，死在了热闹的北方。

但是死亡不是永恒的。北方人很好奇，不时掀开披风看几个老人死后的样子，他们惊讶地发现，死之前科诺斯他们还是衰老的样子，但是停止呼吸后居然慢慢年轻起来，而且一天比一天年轻，皮肤的皱纹变浅了，头发转黑了，又过了几天，披风下传来了他们的呼吸声，他们又活过来了，而且恢复了青春。科诺斯把死后重生的本事也传给了奥纳人，从那时起，奥纳人老了，就裹着兽皮披风躺在地上，等着死亡的降临，当死亡来了又去，他们就不仅可以复活，还能重获青春，开始新的一生。如果有一天对这样的轮回厌倦了，就可以和科诺斯说，选择彻底死亡。

科诺斯最终的选择就是回到天上，他指派了两个奥纳首领管理人间，然后自己飞向了茫茫黑夜，变成了星星。被科诺斯选中的两个奥纳首领很聪明，他们教会族人打猎的各种方法，以及如何生火做饭，他们一个很勤劳急躁，一个得过且过，所以奥纳人的日子过得不好不坏。

在科诺斯之后，火地岛上又出现了一个英雄，叫克瓦伊，他结束了科诺斯所创造的人与神一样不死不灭的黄金时代，他让世界有了死亡，所以他日后也被尊为火地岛的死神。克瓦伊身世比较复杂，他属于巨人家族。在科诺斯造人之前，在火地岛生活着巨人族，他们身形巨大，长生不老，由于忌惮科诺斯的神力，在他还在人间的时候巨人们未敢造次，但是等科诺斯一上天，他们马上就折腾起来，发动了巨人之间的战争，争夺岛上的地盘，其中打得最凶的是火地岛北面的巨人哈斯和南部巨人纳肯。哈斯有一儿一女，纳肯只有一个女儿。哈斯打起了对手女儿的主意，他诱惑了无知的姑娘，和她发生了关系，然后在她父亲纳肯面前炫耀。纳肯气坏了，为了报复，他偷偷把哈斯的女儿打晕，扔到自己女儿的房间里，又把窗户全部封上，一丝光都透不进来。哈斯趁着夜色而来，摸黑进了屋，他以为屋里的女孩还是纳肯的女儿，在没有一点儿光的黑暗之中，悲剧发生了，哈斯父女发生了关系。后来，哈斯的女儿怀孕了，生下了乱伦之子，就是克瓦伊。

克瓦伊身上涌动着罪恶的血液，但这种羞耻的结合也给他带来了不为人知的法力，而且他比其他巨人都聪明。克瓦伊的母亲在他很小的时候就嫁给了另外的巨人，生了不少孩子，算是克瓦伊的兄弟，也算是他外甥。克瓦伊因为尴尬的身份，在巨人中一直抬不起头来，他也没得到母爱和父爱，他比任何一个巨人都渴望建功立业，证明自己。就在这时候，巨人里出了一个败类——黑巨人，不光奥纳人害怕他，巨人们也害怕。黑巨人在山中出没，专门吃人，还把很多巨人同类抓起来给自己当苦力，其中就有克瓦伊的外甥们。克瓦伊想借着这次拯救亲人来证明自己，除掉黑巨人，扬名立万。奥纳人在传说中不厌其烦地描述克瓦伊在决心除掉黑巨人之后是多么害怕，但是奥纳人又说，英雄不是无畏的，英雄明知害怕却依然要完成伟业。

克瓦伊扮作乞丐的样子，趁着夜色茫茫来到了黑巨人居住的黑森林，他在墨汁一般的夜色中慢慢靠近黑巨人的住处。突然，他眼前跳过了几簇火光，扒开树枝，他看到前面有篝火，黑巨人正在火上烤一个用木棍穿着的奥纳女人。黑巨人听到有动静，循声望去，看到了克瓦伊，以为是个过路的乞丐巨人，并不在意。克瓦伊问黑巨人能不能发发善心，让他在这里休息一下。黑巨人不耐烦地挥了挥手，克瓦伊赶紧跑到黑巨人关同类的地方去，找到自己的外甥们，告诉他们自己是来救他们的。克瓦伊正和外甥们耳语之时，黑巨人摇摇摆摆走过来，像给狗扔根骨头一样地把他啃剩下的女人尸体扔过来，女人的脸孔还保留着死时痛苦的表情，十分狰狞，但克瓦伊的外甥早已习惯，几个人上来把女人的尸体啃得只剩白骨。

到了夜里，外甥们按照克瓦伊的吩咐朝着大河的方向逃跑，他们是巨人，河水只到胸口，所以轻易地蹚过了大河。克瓦伊在对岸焦急地等着他们。黑巨人发现奴隶跑了，十分愤怒，他追了出去，看到奴隶在对岸。他嘿嘿一笑，觉得对方失策了，他比任何一个巨人都高大，这点水不算什么。但是等他到了河心，克瓦伊念动咒语，用法力把水面升高，生生把黑巨人淹没头顶，火地岛的黑夜十分寒冷，在水里泡着的黑巨人很快失去了温度，冻死在水中。他的尸体浮起来的时候，现出了原形，大家才看清，原来他长了一个兽头。

克瓦伊除掉了黑巨人，但是他的外甥们在黑巨人那里已经养成了吃人的习惯，回到家中，他们开始到处猎杀人类，大地上到处都是他们吃剩的人类尸骨。这让善良的克瓦伊感到很痛苦，他只好又做了一件英雄的事情——大义灭亲，把外甥们的灵魂取了出来，将他们高硕的身体冰封起来，丢到火地岛南边的蓝黑色的大海里。奥纳人很感谢克瓦伊除掉了食人巨人，让人类得以繁衍，所以奉他为英雄。

克瓦伊做的第二件事就是把太阳神克伦揍了一顿，把日与夜对半平分，让人们可以和亲密之人相拥共眠。而他做的第三件事最为重要，他让人间有了死亡。他父亲哈斯的长子奥门克（既是他的哥哥也是他的舅舅）对不死之身厌倦了，祈求克瓦伊用法力使自己长眠后再也不要醒来。克瓦伊做到了，从那时起，火地岛就有了死亡，火地岛上所有生物都变成了会死去的肉身凡胎，但是大家都很感激克瓦伊，因为没有死亡的生命是一场疲倦的没有尽头的旅程，人人都有厌倦的一天。克瓦伊也决定了自己的死亡，他将自己凡间的肉身抛弃，飞升到天上，成了引导人们航海的南十字星。

和奥纳人一起在火地岛生活的雅干人也有个关于英雄和拯救的传说。很久以前，有个雅干小女孩在海滩上一个人玩，她看到一个娃娃形状的石头，于是拾了起来，抱在怀里。善良的小女孩还给石头娃娃做了个小摇篮，和他说话，还学着妈妈的样子放在胸前给他喂奶，大人只当她捡了个玩具，不去理会。有一次她跟着家人乘着独木舟去捕鱼，大浪打来，女孩慌忙护着石头娃娃，等浪过去，她低头发现石头娃娃活了，有了手脚和一双婴儿的眼睛，女孩高兴极了，又想给他喂奶，但是活了的石头娃娃把她的乳房生生咬下来了，小女孩伤势过重，血流如注，她小小的尸体在船只的颠簸中掉到海里，没有了生息。大人们一心捕鱼，对这一切都没有觉察，等船靠了岸，他们发现小女孩不见了，船上多了一个婴儿。来迎接他们的家人中有个女人，女人看到婴儿，本能地开始喂奶，但出现了同样的情况，乳房被石头娃娃咬下来，女人呼号着痛苦地死去了。男人们觉得石头娃娃是个妖孽，必须杀死。于是一个男人抱起石头娃娃，使劲把他扔到海里。没想到的是，他虽是石头的，却会游泳，而且很快游上岸。人们开始用木棒和石块打他，他丝毫无损，重新扔到海里，他又能游回来。他始终跟着这群雅干人，他们拿他也没有办法。

过了几年，石头娃娃长成了一个大块头的魔鬼，他的身体如岩石般结实，冷血无情，他打劫渔船，杀死渔夫，还抓来很多女人囚禁起来供自己享用，如果抓到小女孩，他就让这些女人先养着，等长大了就可以用来发泄兽欲。被他抓起来的女人过着悲惨的生活，石魔只给她们吃苔藓地衣，还经常虐待她们，她们每天都想着怎么杀了这个魔鬼。附近的村子有个孤儿，个子很矮小，人们都叫他蜂鸟。蜂鸟的父母被石魔杀死了，好心的女人们收留了他，开始把他扮成女孩，养在小女孩群里，后来，他慢慢长大，女人们怕瞒不住，就让他藏身在一口枯井之中。石魔在的时候，女人们就用枯枝遮住井口；石魔不在的时候，女人们会喊蜂鸟出来晒晒太阳，帮她们干点家务。女人们每天都生活在石魔的淫威之下，她们都没有发现，几年前的小蜂鸟已经长成了一个瘦高的少年，他沉默寡言，对女人言听计从。

有一天，石魔拔起一棵栎树，他的脚不小心扎到了刺，他向女人们呼救，女人们才发现原来他的躯干是石头的，但是四肢和人类一样。女人们装作慌张着急的样子，说要给他取刺，但暗中用锥子使劲刺石魔的脚。石魔大叫起来，直嚷嚷自己疼得眼都花了。女人们意识到这是一个逃跑的好机会，她们没有忘了蜂鸟，迅速跑到了枯井前，喊着："蜂鸟，快出来！"蜂鸟出来了，他没有逃跑，而是迅速用柔韧的枝条把石魔的腿绑上，然后让女人们往石魔身边扔木柴，他拿出不知从哪里找到的打火石，在石魔周围一圈点上火。石魔看到火，怪叫着想冲出去，蜂鸟用自己随身带的小弹弓往他手脚和眼睛里打，石魔哇哇怪叫冲不出火墙，慢慢地，他不动了，只听得他的身体里啪啪响了几声，一只朱顶雀从他身体里飞了出来，石魔就消失了。

女人们高兴得很，说谁也没想到是瘦小的蜂鸟最终制服了石魔。蜂鸟依然沉默，黑黢黢的眼睛里没有太多的欣喜。第二天，他辞别了养育自己的女人们，向北走了，没有再回到雅干人的土地。

万物共灵的世界尽头

很久以前，火地岛上是没有原驼的，原驼是人变的。有个丧妻的男人，妻子死了很久，他开始寂寞了，他越看几个长大的女儿越像自己的妻子，于是他想在女儿身上找爱。但是他也不好意思明着说，于是想出个办法。他把女儿们召集在一起，说神托梦给自己，说他寿数将尽，但留下女儿们在世上孤孤单单很不忍心，神和他说在他归天之后家附近会出现一个很适合和她们结婚的男人，女儿们必须全部都嫁给这个男人，他会是个好丈夫，能照顾好她们。讲完这些话，这位父亲就开始装死。女儿们信以为真，以为父亲真的去世了，她们把他放在地上，找来几块兽皮盖住他。在葬礼上女儿们脸上画上闪电，胸口涂上死亡的标志，按照部落的规矩，她们走到路边，上下挥舞手臂，以示哀悼。这时她们在路旁看到一个对她们发出嘘嘘声示爱的男人，因为这个男人脸上的彩绘图案她们从没见过，女儿们认为这是一个外部落的男人，竟没有认出那是自己的父亲，她们以为这就是父亲说的理想男人，于是也用嘘嘘的声音回应。她们靠近他，允许他爱抚自己，这个男人身上的味道是女孩儿们都熟悉的，他们几个很快就住在了一起，像一家人一样。神觉得这件事违背天理，就把父女几人变成了原驼，没想到他们繁殖得很快，整个岛都是他们的子子孙孙。

火地岛内陆地区食物比较紧缺，有个人变成鸟的故事，就是围绕着食物的。有个叫卡彭的男人，他和两个妻子生活在一起。卡彭年纪大了，身体也不好，没有办法出门打猎获得足够的食物。快到冬天了，卡彭让其中一个叫卡克的妻子回娘家要点口粮。卡克来自岛的东部，为了回家她走了

火地岛的原驼

长长的路，以至于她的亲戚见到她惊讶得说不出话来，因为几乎没有女人能走这么远。卡克讲述了丈夫身体不好，她和另外一个妻子如何忍饥挨饿，亲戚很同情她，先让她饱餐了一顿原驼肉，然后给她准备了一个食物篮子。卡克知道亲戚们很爱吃金龟子，于是让他们准备了很多金龟子，因为这也是她最喜欢吃的。为了防止食物在路上腐坏，亲戚给她抓了很多活的金龟子放在篮子里。卡克很高兴地走了。但是离家越来越近，卡克开始有了私心，她不想让丈夫吃她最爱吃的食物，于是她把篮子藏在路边的树后面，回家做出悲戚的样子说什么食物都没弄到，卡彭听到自然大受打击。第二天，卡克去了路边，拿出几只金龟子，烤着吃了。丈夫发现了异样，跟了出去，发现了妻子卡克的秘密，于是他把篮子里的金龟子全部烤着吃了，回家什么也不说。等卡克再去吃的时候发现金龟子没有了，她怀疑是丈夫偷吃的，但是什么也不敢说。

日子一天天过去，食物还是很短缺。这时，另一个妻子哈佩说要不然找她的亲戚想想办法。她的家在海边，哈佩的亲戚看到她来了，很大方地给了半条鲸鱼的肥肉，哈佩高兴极了，连拖带拽地运回了家。她回到家，看到丈夫卡彭已经饿得奄奄一息，她马上煎了一块鲸鱼的肥肉，叫醒丈夫赶紧吃，吃了肉，卡彭的病奇迹般地好了。看到小山一样的鲸鱼肥肉，卡彭开心极了，他用魔法把自己和哈佩变成了两只海鸟，在风里和浪里穿梭，在诸神的庇护下可以吃到鱼肉。至于卡克，卡彭把她变成了翅膀很软的鸟，只能在岸边吃点虫子，不能到海上捕到好吃的鱼。这个故事反映了在火地岛上食物紧缺的状况和男女关系的不对等。

另外，在火地岛神话中，人和动物的分别没有那么大。有一只海豹看到一群女人在捡涨潮时留在礁石里的小鱼，其中有个姑娘长得很美。海豹对姑娘一见钟情，它使了个法术，让姑娘掉到海里。姑娘突然落水，慌张地呼救，海豹游了过去，稳稳地用后背接住了她，将她托出水面，但是它没有送她上岸，而是把她带到罕有人迹的沙滩上，还给她叼来海带充饥。很快，赶海的女人发现少了一个人，她们回村告诉了她的兄弟。当村里人找到了那个沙滩的时候，发现姑娘正在和海豹一起晒太阳。姑娘很快发现了自己的兄弟，但是她觉得和海豹在一起很不错，于是跳上它的后背，示意它快跑。男人眼睁睁看着姑娘和海豹越游越远，但是他们不敢轻易从海豹手中抢走女人。因为这片海域流传着金狼海神的传说。掌管海洋的金狼神就是一个美女和海豹所生，他的脸半人半鱼，身子是海豹的，所以人类认为金狼神会偏袒海豹。

也有的火地岛的人为了理想变成了动物。很久以前，火地岛上没有生与死的更迭，人们不会死，睡一下就可以复活，就连到了秋天，叶子还是绿的，所以树木也结不出果实，一切都像静止的一样。有个奥纳少年对日复一日单调的景色厌倦了，他告诉大家，他要去远方寻找时间的秘密。全村人都认为他在发傻，而且经过漫长残酷的旅行，这个家伙必死无疑。在众人的嘲笑中，少年向北出发了。不知过了多久，少年风尘仆仆回来了，他不仅没有死，还说起了大家都不知道的事。他说，在遥远的北方有无穷无尽的森林，有很多很多树，神奇的是，这些树的叶子到了一定的时候会变黄，会枯萎，会落下，再过一段时间，光秃秃的树枝会重新长出绿色叶子来，开始一个新的轮回。听了这些话，人们哈哈大笑，没有人相信少年说的是真的。少年伤心地走了，他走到森林里，变成了一只鸟，到了秋天，在森林里飞来飞去，不断发出催促的声音，催树叶赶紧变黄，他着急地用翅膀拍打这些树叶，让它们快点落下。在他的催促下，火地岛的森林好像被唤醒了一样，开始有了四季的变化。再到后来，英雄科诺斯离开人间后，凡人也失去了在睡梦中重生的本领。火地岛的世界有了生命的轮回往复，有了生，更重要的是，有了死。变成鸟的少年说，他认为自己的路没有白走，因为时间就是这个样子的。

火地岛的森林郁郁葱葱